VÉDA S'EN VA

Sarah Maeght

Véda s'en va

Albin Michel litt'

Pour Périne,

BYE BYE DUNKERQUE

Le 8 janvier 1493, Christophe Colomb a vu trois sirènes au large de l'île d'Hispaniola dans la mer des Caraïbes. Il a écrit dans son journal de bord qu'elles étaient « laides, muettes, et avaient l'air de regretter la Grèce ».

En fait, ce n'étaient pas des sirènes, c'étaient des lamantins.

Des vaches de mer.

7 heures du matin, assise au bord de la Spree, la large rivière qui traverse Berlin. C'est moi la vache de mer. Laide, muette, avec l'air de regretter mon pays. Sauf que mon pays ce n'est pas la Grèce. C'est Dunkerque. Nord de la France. Si vous ne savez pas où est Dunkerque, c'est simple, prenez la carte de France et cherchez le point le plus haut. Encore plus haut, sur la côte. Encore. Voilà, dernière ville avant la frontière avec la Belgique. Vous y êtes. C'est là.

Devant moi se balance le voilier *Tara*. Son nom est inscrit en blanc sur sa proue orange fluo. Ses mâts ont l'air morts, allongés sur le pont. On l'a démâté pour qu'il passe sous les ponts berlinois.

« Horaires des visites : 9-18 heures. »

Sur la rive d'en face, des saules pleureurs plongent leurs branches dans l'eau. Un tramway passe en grondant sur un immense pont de briques rouges. Trois corbeaux noir et blanc disputent un bout de sandwich à un goéland. Des mecs ivres sortis de club chantent en italien, l'un d'eux fait craquer le dos de son amoureuse en la penchant en arrière.

J'ai passé la nuit dehors. Un goût de cigarette froide et de vodka tiède colle à mon palais. J'ai tellement gratté la plaque d'eczéma sous mes lèvres que ma peau brûle, tellement pleuré que j'ai des traces de mascara jusqu'au cou. Du gel couche mes cheveux en arrière. Sous ma marinière, des bandes adhésives couleur chair aplatissent mes seins. Un préservatif bourré de coton fait une bosse sous mon pantalon.

Un homme en veste orange ramasse les bouteilles qui traînent sur le quai et les jette dans le grand sac-poubelle qu'il porte sur l'épaule. Frankie m'a expliqué qu'à Berlin, on paie les gens 10 centimes par bouteille en verre apportée à la déchetterie.

Le regard de l'homme s'arrête sur moi.

– *Are you okay*[1] ?

---

1. « Ça va ? »

Je lève le pouce. J'ai envie de me jeter dans la rivière. Mon portable vibre.

Frankie
Pourquoi t'es partie ?
Tout va bien ?

Chaque fois que je reçois un message de Frankie, mon ventre se tord comme si j'avais très faim. Sauf que je ne pourrais rien avaler.

La première fois que je l'ai vue, je l'ai aimée en une seconde.

Elle avait une égratignure sur le nez, comme un coup d'éplucheur à légumes.

Mais avant de vous parler de Frankie, des drag-kings, avant de vous dire ce que je fais à Berlin et pourquoi j'ai décidé d'embarquer sur un voilier d'exploration glaciaire, il faut que je vous parle de l'enveloppe.

Celle sur laquelle j'ai écrit « Bye bye Dunkerque ».

C'était chez mon père, il y a huit mois, quelques jours avant ma rentrée en terminale.

C'était le soir de mes dix-sept ans.

Un soir de colère et de croque-monsieur.

DERNIERS JOURS D'ÉTÉ

UN SOIR DE COLÈRE ET DE CROQUE-MONSIEUR

– Rajoute du gruyère ! Faut pas hésiter à en mettre plein !

Ce soir-là, on fête mes dix-sept ans. Il fait chaud dans la cuisine. Sur le plan de travail, un sachet de pain de mie Lidl attend d'être beurré. Dehors, le ciel et les nuages deviennent roses. La mer roule au loin. Une mouette braille sur le toit des voisins. Mon père porte un tee-shirt de chantier taché de peinture blanche. Pour les croque-monsieur, on travaille toujours à la chaîne : il étale le beurre, je pose le jambon et le gruyère.

Il lâche une montagne de fromage râpé sur la tranche de pain devant moi.

– Comme ça ! il dit. Plein de beurre, plein de gruyère.

Jambon, gruyère, jambon, gruyère, jambon, gruyère...

Ça m'évite de trop penser.

Papa jette une pincée de fromage dans sa bouche, lèche son index ; celui auquel il manque une phalange. Je fais comme lui, le gruyère forme une boule entre mes dents. C'est pâteux, fondant, comme mâcher un câlin. Papa me tapote le dos, fier. Il adore que je mange, que j'aie un bon coup de fourchette et que je ne fasse pas de manières. Il ne sait pas que, quand le gruyère descend dans mon estomac, j'imagine la graisse pousser sous la peau de mes cuisses.

– Tu la sens bien, cette année de terminale ?

Dans ma poitrine, la boule de gruyère gonfle d'un coup, se transforme en pieuvre qui déploie de longs et fins tentacules, les enroule autour de mes côtes. J'étouffe.

« Tu la sens bien, cette année de terminale ? »

Papa veut un oui ou un non. Mais c'est une question poupée russe. À l'intérieur, il y a une centaine d'autres questions qu'il ne veut surtout pas poser.

Elle ne te fait pas trop peur, cette dernière année au lycée privé Notre-Dame-des-Flots ?

Tu penses toujours à Suzie ?

Ça ira, sans Suzie ?

Sans ta meilleure, meilleure amie ?

Tu iras en cours ?

Tu rêves encore de Suzie ?

Jambon, Suzie. Gruyère, jambon, gruyère. Jambon.

Gruyère. Suzie. Gruyère. Gruyère. Suzie. Jambon. Jambon.

La pieuvre resserre ses tentacules autour de mes côtes.

– Véda, ça va ?

Je montre la montagne de fromage sur la tranche de pain de mie devant moi, lâche un « Y-en-a-assez ? » tout étranglé. Papa répond un très doux « c'est parfait ».

Je force un sourire. Le plus rassurant possible. Et je dis :

– T'inquiète. Je gère.

Je pense à Suzie toutes les trente secondes. J'ai tellement peur qu'elle soit réincarnée en insecte que je n'ai pas tué un moustique de tout l'été. Parfois, je me déteste tellement que j'imagine que je m'enfonce des couteaux dans les cuisses. Il n'y a que ça qui me calme.

Mon père passe son bras autour de moi, me serre contre lui. Il sent les copeaux de bois, la poussière et l'eau de Cologne.

– T'es une bonne fille.

La pieuvre desserre ses tentacules.

– *Starmania* ! crie Papa.

Il monte à fond le son de sa radio, une petite enceinte blindée spéciale chantier, couverte de taches de peinture. « Le Blues du businessman » explose dans la cuisine. *Starmania*, mon père adore. C'est une vieille comédie musicale qui raconte l'histoire d'un type, Johnny Rockfort, et d'une fille, Stella

Spotlight. Ils rêvent de devenir rock stars. La radio chante :

« *J'ai du succès dans mes affaires, j'ai du succès dans mes amours...* »

Papa tient le couteau à beurre devant sa bouche comme un micro. Il prend sa voix grave de rockeur casseur de guitare.

Il me tend une louche. Je la repose.

– Mais allez, Véda ! Avant, tu chantais tout le temps !

Il pointe le doigt vers son public imaginaire. Je crois qu'au fond il a toujours voulu être une star.

Au-dessus de notre tête frappent trois coups de talon.

– Désolé, chérie ! crie mon père au plafond.

La main sur la bouche comme un gamin qui vient de se faire engueuler, mon père baisse le son de l'enceinte.

Diane répond :

– MERCI !

Diane, c'est ma belle-mère. Quand elle écrit, il ne faut la déranger sous aucun prétexte. Elle est professeure d'histoire de la langue à la fac, et rêve de publier sa poésie. La villa des Pingouins, c'est sa maison. Elle s'appelle comme ça parce que, sur la façade, deux pingouins sont sculptés. J'avais dix ans quand Diane et papa se sont rencontrés sur Tinder. Suzie disait que c'était un bug de l'algorithme, qu'un ouvrier et une prof de fac ne se croisent jamais sur les applications de rencontre. Elle me disait « t'inquiète, ça va pas durer », mais moi je voulais que ça ne se finisse jamais. Diane est aussi élégante que son prénom, des jeans taille haute, des chemisiers de soie, de longs cheveux noirs et brillants.

En plus, grâce à elle, on vit chez les riches. Dans le quartier des villas au bord de la mer. À Malo-les-Bains.

– Tu pourras lui poser des questions sur ses poèmes ? demande papa. Ça lui fera plaisir.

J'approuve d'un coup de tête, même si je m'en fous, de ses haïkus.

– T'es une bonne fille.

Dans l'enceinte, les chœurs de *Starmania* :

« *Qu'est-ce que tu veux mon vieux ? Dans la vie on fait ce qu'on peut, pas ce qu'on veut*[2]... »

– Ça, c'est bien vrai, dit papa.

---

2. Claude Dubois – Plamondon, L., Berger, M. (1978). « Le Blues du businessman ». Dans *Starmania.* Warner.

FITNESS STAR

Je branche la machine à croque-monsieur dans le salon. Une vieille machine bossue, pleine de taches de brûlé. Papa refuse de la jeter. Il dit que c'est tout ce qu'il lui reste de son mariage avec ma mère.

Sur la table basse, Ben graisse les roulements de ses rollers. C'est le fils de Diane, mon demi-frère par alliance. Il a dix-neuf ans. Je l'adore. Si j'étais un mec, je voudrais être lui. Même ses rollers, je les veux.

Des rollers *street* aux chaussons renforcés, coque en polyuréthane qui grince, châssis en nylon costaud, roulements ABEC 5 robustes, roues en montage banane, platines en composite. Des rollers pour faire des figures, sauter, atterrir sans se tordre la cheville ou se péter le genou.

J'ai demandé les mêmes pour mon anniversaire. Sous le canapé, j'aperçois un paquet avec le logo Nomadeshop, la meilleure boutique de rollers et de skates, à Paris. Ben me sourit.

– Ça fait quoi dix-sept ans ?

– Je voudrais que ce soit déjà dix-huit.

Papa entre, l'énorme plateau de croque-monsieur dans les bras. Il donne un coup de menton vers le chantier de mon frère, sur la table basse.

– Range ton bordel !

– OK, chef !

Ben empile ses roues, fait une boule avec les chiffons imbibés d'huile et de graisse.

– Je crève la dalle, il dit.

Il se redresse, la bretelle de son débardeur barre son téton plat, foncé, poilu. Je tire sur mon tee-shirt pour décoller le tissu de mes seins minuscules.

Diane entre dans le salon : kimono fleuri et léger, stylo planté dans le chignon. Sous son bras, un cadeau emballé dans du papier ocre. C'est sûr, c'est un livre.

– Ça va tes haïkus ? je demande.

Elle pousse un soupir abattu.

– Je suis sûre que oui, je réponds à sa place.

– T'es mignonne.

Mon père me fait un clin d'œil.

Être une bonne fille, ma passion.

– Vous étiez obligés de mettre autant de gruyère ? dit Diane.

Une ombre triste passe dans les yeux de mon père. Depuis quelques mois, c'est lui que sa femme regarde comme un croque-monsieur dégoulinant de gruyère. J'ai peur qu'elle le quitte, qu'elle me quitte moi, que la villa des Pingouins nous expulse par la cheminée.

Diane me tend son cadeau. J'arrache le papier, c'est un livre relié de cuir au dos doré. Le titre s'étale en lettres d'or : *Victor Hugo, Œuvres poétiques I.*

– J'adore Victor Hugo ! je dis.

C'est vrai, je l'adore. Surtout ses poèmes sur la mer.

– C'est un livre de la Pléiade, annonce Diane.

Je ne sais pas ce que c'est, la Pléiade. Mais je hoche la tête. Je fais ça tout le temps, faire semblant de connaître les choses que je ne connais pas.

Je feuillette le livre aux pages fines, fragiles entre mes doigts. Je l'ouvre au hasard :

« Et ruisseler le long des grands tubes d'airain

Comme l'eau d'une éponge. »

Mes doigts jouent avec le ruban vert qui marque la page.

– C'est du papier bible, explique Diane.

– J'ai jamais rien vu d'aussi beau.

C'est vrai. Je me lève pour la serrer dans mes bras. Elle me serre aussi. Soie, rose et patchouli.

Ça fait longtemps qu'elle ne m'a pas prise dans ses bras. Avant, on se faisait tout le temps des câlins. Quand papa et moi, on s'est installés chez elle, j'avais dix ans. Diane me montrait son bureau, sa bibliothèque jusqu'au plafond : « Tu peux te servir. » Elle n'arrêtait pas de répéter qu'elle était tombée amoureuse de moi en même temps que de mon père, que j'étais comme sa fille. Que même si mon père et elle se séparaient, on resterait amies.

Mais je n'en suis plus si sûre. Est-ce que moi, j'aurais envie de rester amie avec elle ? Si elle se met à détester mon père ? Si elle le rend triste ?

Ben sort son cadeau de derrière son dos. Il ne l'a pas emballé. Ce sont des protections de rollers, genouillères et coudières, ornées d'une tête de Viking. Il me les tend, une pluie de stickers tombe sur mes genoux. Il y en a un avec le logo de Santa Cruz : une main bleue avec une bouche au milieu. Une bouche qui hurle.

– Pour décorer ton casque, dit Ben, comme une vraie *rideuse*.

– J'adore.

Mon père tire le cadeau géant, de sous le canapé.

– Allez, ouvre.

À l'intérieur, c'est sûr, il y a les rollers de mes rêves. Des Razors agressifs cult black. J'échange un regard excité avec Ben. Je déchire le paquet.

Oh non…

Ce sont deux rollers bleu ciel et pailletés, Fitness Star, fins et élancés comme des cygnes. Roues serrées les unes contre les autres, le chausson souple.

Si je descends une rampe avec ça, je me casse trois jambes et quatre chevilles. J'évite le regard de Ben, étire les coins de ma bouche, articule :

– Merci.

– Pourquoi tu m'as pas demandé conseil ? dit Ben à papa.

Mon père me lance un regard inquiet.

– Si tu ne les aimes pas, on peut les renvoyer, y a des frais, mais…

– Je les adore.

– Mais… commence Ben.

Je plante mes yeux dans les siens, comme deux crocs.

Tais-toi, je pense très fort. Ces rollers ont coûté au moins 200 euros.

Je fais tourner la première roue sous mes doigts. Elle file à toute vitesse, on dirait qu'elle ne s'arrêtera jamais.

– Je les adore.

– Je te les graisserai demain, dit papa.

– Merci papa.

Mon téléphone vibre dans ma poche.

Thelma
Happy you, mon chou!
On se voit demain soir?

Je reçois un selfie d'elle et de Jasmine. Elles sont belles. Cheveux blonds presque blancs, peau bronzée, dorée. Fard à paupières rose, gloss, collier de perles de rocailles multicolores. Elles ont passé un mois dans un camp de kitesurf, à Dakhla, au Maroc. Avec toute la bande de la base de voile. Moi, je suis restée à Dunkerque. J'ai bossé comme serveuse au food-truck de maquereaux, sur le port.

Mon téléphone vibre encore.

Léo

Bon anniversaire, V! [émoji bisou]

Léo, c'est mon mec. Je passe ma vie à attendre ses messages, alors quand j'en reçois un, le premier truc que je pense c'est: *connard, jamais je te répondrai.*

C'est peut-être ça, l'amour?

– Véda, ta bouche, dit papa.

J'arrache mes ongles de la plaque d'eczéma sous mes lèvres. Chasse les peaux mortes du col de mon tee-shirt.

– Et ton portable, il ajoute.

Je coince mon téléphone sous ma cuisse.

– Diane t'a posé une question.

– Pardon.

Diane me fait un clin d'œil.

– Ça commence quand, Parcoursup? Qu'est-ce que tu vas mettre, comme vœux?

– Je sais pas encore. Fac de lettres, je pense.

– Pratique, approuve mon père. La fac est à cinq minutes de la maison.

– Mais je vais à Lille l'année prochaine, papa.

Il se fige, son croque-monsieur relié à sa bouche par un fil de gruyère.

– On a pas l'argent pour des études à Lille.

– J'aurai une bourse.

– Une bourse, c'est quoi, 4 000 euros pour l'année ? Tu sais combien ça coûte une année à Lille ? Au moins 10 000.

– Elle peut prendre un job, intervient Ben, la bouche pleine. Tout le monde fait ça.

– La fac de Dunkerque est très bien. Y a des super profs, ajoute papa avec un regard pour Diane.

– Elle veut aller avec ses amis, dit mon frère. C'est normal.

Mon père secoue la tête.

– J'ai pas les moyens de ses amis ! Véda le sait.

– Ou alors, elle s'inscrit à Lille et rentre le soir en train, propose Diane. Beaucoup d'étudiants font ça.

– On peut changer de sujet ? je supplie.

Papa hausse les épaules.

– Je comprends juste pas pourquoi tu partirais si c'est pour faire lettres modernes. Y a lettres modernes à Dunkerque.

Je ne réponds pas.

– L'important, c'est ton avenir, pas tes copines, il insiste.

Je hoche la tête en silence.

Ils changent de sujet, parlent de l'école de design de Ben, à Bruxelles. De la rentrée de Diane à l'université, de son emploi du temps ; elle espère qu'il sera équilibré, pas trop chargé. Moi, je plonge mon regard dans les nœuds du bois de la table. J'ai envie d'aller m'allonger toute seule. Lire. Dormir.

– Véda, soupire papa, fais pas la gueule.

– Je fais pas la gueule.

– Si, tu fais la gueule, dit Ben.

Une voix dans ma tête murmure : *lâchez-moi. Je partirai de toute façon. J'ai pas besoin de vous. Je vous déteste.* Une autre chuchote : *Arrête, arrête, arrête, Véda. Calme-toi, souris, gâche pas ta soirée d'anniversaire. Souris, souris, souris.*

– C'est à cause de ce que j'ai dit ? demande mon père. Au sujet de Lille ?

Sa voix me parvient de très, très loin.

– Faut que tu sois réaliste, c'est tout, je ne peux pas...

– J'ai compris, papa.

Je me lève.

– Je suis fatiguée.

– Mais, Véda...

Diane pose la main sur le bras de papa.

– Laisse, on a presque fini, de toute façon.

Je traverse le salon. J'entends mon père.

– Je comprends pas... Elle adore vivre à Dunkerque. Elle adore la mer...

TOUT LE MONDE VEUT VOLER

Dans ma chambre, face au miroir, je frotte la manche de mon pull contre ma bouche. Vite, fort. Des peaux mortes s'envolent, d'autres s'incrustent dans le tissu. Ça brûle, c'est agréable, apaisant. Je supplie mon reflet :

– Arrêêêêête !

J'arrache la main de ma bouche qui brûle, rouge et suintante.

Cette bouche qui pèle et qui gratte, c'est un problème depuis que je suis toute petite. Mais à part ça, j'aime bien mon visage. J'ai des gros sourcils, que je suis contente de n'avoir jamais épilés, parce que maintenant, c'est la mode. J'ai les yeux bleus comme mon père, des taches de rousseur comme ma mère. Et j'ai de la chance, j'ai un petit nez. Suzie adorait appuyer dessus, elle disait que je n'avais pas de cartilage.

Allongée sur mon lit, je plonge les yeux dans les posters de vagues, d'icebergs et de voiliers que j'ai scotchés au plafond.

Quand j'étais petite, je voulais faire le tour du monde en bateau, devenir océanographe, capitaine dans la marine marchande, skipper, Anita Conti, Ellen MacArthur ou Tracy Edwards, dont les portraits sont affichés sur les murs de ma chambre.

Ça me vient de mon grand-père, il était marin. Un jour, il s'est cassé le genou, il a dû arrêter la navigation. Il s'est fait embaucher comme ouvrier chez Ascometal, une usine à Dunkerque. Il a respiré tellement d'amiante qu'un an après sa retraite, il est mort d'un cancer du poumon.

Quand j'étais petite, je ne lisais que des histoires de naufrages, des récits d'expéditions, de courses maritimes. Ce que je préfère, ce sont les légendes de la mer. Je suis incollable.

Mon dragon d'eau m'observe, aplatie sur la branche de son terrarium.

Un dragon d'eau, c'est un gros lézard qui porte mal son nom : Beyoncé ne quitte jamais son bout de bois et ne se mouille pas beaucoup. De temps en temps, elle plonge une patte dans la minuscule bassine au fond de son terrarium, c'est tout. Les dragons de son espèce ne tiennent pas plus de trente minutes sous l'eau. Après, ils se noient.

– Dis, Beyoncé, qu'est-ce que je vais faire de ma vie ?

Crr-crr on ne va quand même pas rester à Dunkerque ? Coincées ici pendant que tous tes amis feront la fête rue

Solférino, danseront au Mambo-Mambo, dragueront au Pipilokipo ?

Oui, depuis que Suzie est morte, Beyoncé me parle.

Un coup de pied dans ma porte. Vite, j'attrape *La Mer mystérieuse* sur mon étagère, prends un air mélancolique et captivé. Ben enjambe la montagne de fringues au milieu de ma chambre, me tend un verre de Coca.

– J'ai rajouté une lichette de rhum.

Je bois. Ça pétille, brûle la gorge. J'adore cette sensation.

Ben plonge la main dans le terrarium, en sort Beyoncé, la caresse sous le menton. Les yeux du dragon roulent, on dirait qu'elle va ronronner.

J'attrape le pantin qui traîne sur ma table de nuit. Un petit matelot en papier, avec un béret à pompon rouge et une marinière, attaché par les bras entre deux baguettes de bois. Je fais une pression sur la base des tiges. Le matelot fait un salto.

– Ton père va changer d'avis, dit mon frère.

– Il est borné, je réponds.

– Ce qu'il faut, c'est que tu lui montres que tu as un plan de vie. Trouve un truc d'avenir. Qu'est-ce que t'aimes ?

– Le roller, lire, écrire, la mer.

Il lève les yeux au ciel.

– Que des trucs pas d'avenir.

Cette année, Ben entre en école de design à Bruxelles. Il rêve de ça depuis toujours.

Je fais tournoyer le matelot en papier. Son bras se coince dans l'élastique. D'une pichenette, je le libère.

– J'ai trouvé un test, annonce Ben, portable à la main. « Quel métier est fait pour vous ? »

Je me redresse. Les tests, j'adore. Ben tousse pour s'éclaircir la gorge.

– Votre spot préféré en soirée ? Dans la cuisine, sur le canapé, ou dans la salle de bains ?

– Le canapé.

– Votre place habituelle dans le métro ? Debout ? Sur le strapontin ? Dans le carré ?

– Ça vient d'où, tu crois, « strapontin » ?

– Concentre-toi !

– J'en sais rien, moi ! J'ai jamais pris le métro !

– Bon. Strapontin.

– On dirait de l'italien.

– Quel est votre plat japonais préféré ? Les chirashis ? Les sashimis ?

– C'est quoi déjà, la différence ?

Il grogne comme un bouledogue.

– Chirashi ! je dis, au hasard.

– Si tu devais choisir un superpouvoir ? Devenir invisible, voler...

– Voler ! Tout le monde veut voler.

Un bruit de roulement de tambour s'échappe du téléphone.

– Vous êtes fait pour une carrière de...

Ben prend un air mystérieux, inspiré.

– Accouche ! je m'impatiente.

– Publicitaire !

Il prend une voix très sérieuse :

– « Spontané et ambitieux, vous êtes le créatif de la bande. Il est temps de vous faire payer 5 000 euros la phrase. » Parfait, y a PLEIN de fric dans la pub, il ajoute. C'est les gens les plus stylés, ils ont des fringues gratos, ils partent tout le temps à l'île Maurice… ils sont blindés de chez blindés de thunes.

– Ça doit être chiant, non ?

– Aimer son boulot, c'est surfait. En plus, je suis sûr qu'il y a pas « publicité » à Dunkerque.

Ben frappe ses cuisses, se relève. Mission accomplie. Il donne un coup de menton vers mes nouveaux rollers.

– On peut aller faire une balade demain si tu veux, jusqu'à l'éolienne.

– Je bosse au food-truck toute la journée. Tu reviens, le week-end prochain ?

– Je ne vais pas revenir TOUS les week-ends.

Mon cœur se ferme à double tour. Je réponds, vite :

– Je demandais ça comme ça. En vrai, je m'en tape.

Il me jette un oreiller. Je l'attrape, le serre contre mon ventre.

– Ça tombe bien, il réplique. Moi aussi, je m'en TAPE.

Je ne sais pas pourquoi je dis le contraire de ce que je voudrais dire. C'est comme pour les câlins, je dis toujours que je déteste ça, mais la vérité, c'est que je pourrais passer la journée dans les bras de quelqu'un, ça m'irait très bien.

Je serre plus fort l'oreiller. Ben s'arrête sur le pas de la porte, fait volte-face.

– Ton père, c'est juste qu'il voudrait que tu restes avec lui.

Il claque la porte. La rouvre.

– La publicité ! c'est l'avenir !

Il repart.

Revient.

– Plein de fric !

S'en va pour de bon.

Beyoncé me fixe.

– Le truc, je lui dis, c'est que la publicité, je m'en fous.

Crr-crr tu t'en fous de tout.

Je prends le matelot, lui fais faire un salto, deux saltos, trois saltos.

J'entends un *poc !* Beyoncé s'est encore cognée contre sa vitre.

Bien fait.

LEBONCOIN.FR

1 heure 30 du matin. Un moustique siffle dans mon oreille, se pose sur le mur. J'attrape un vieux magazine, le roule. Suspends mon geste.

– Suzie, si c'est toi, bouge une patte.

Rien.

– Si c'est toi, vole.

Dans son terrarium, Beyoncé me regarde, mais ses yeux grands ouverts sont fixes, couverts d'une membrane voilée. C'est comme ça qu'elle dort. Elle n'a pas de paupières.

Le moustique décolle, se pose sur le nez d'Ellen MacArthur, la navigatrice. Debout sur son voilier, à l'arrivée de la Route du rhum, les bras en V de la victoire, elle brandit des fusées de détresse comme deux torches flamboyantes. J'ai ce poster depuis la sixième. Elle était venue dédicacer son livre à la bibliothèque de Dunkerque. Elle m'a même signé une carte postale.

Quand elle avait six ans, Ellen MacArthur rêvait d'avoir son propre voilier. De faire le tour du monde. Elle a économisé en cachette le moindre centime de ses repas du midi, s'est nourrie des flageolets sauce tomate gratuits de la cantine de son école. Un jour, elle a eu assez d'argent pour s'acheter son premier voilier. Elle l'a baptisé *Penny*, « centime », en anglais. Elle est devenue championne de voile. La meilleure. Plus forte que n'importe quel mec.

Dans le tiroir de ma table de nuit, je prends la carte postale signée par Ellen MacArthur. Elle est toute plissée. « *Dear Véda, if you ever feel like sailing, give me a call*[3] *!* »

Il a raison, Ben, faut que je trouve ma place. Et ce n'est pas ici, à Dunkerque, où tout est plat et gris. Je vais économiser mes *pennies*, me nourrir de haricots à la sauce tomate.

Si je trouve l'argent pour une année à Lille, mon père me laissera partir.

Il a dit combien, déjà ?

10 000 euros ?

Facile.

J'ouvre un tiroir rempli de stylos de toutes les tailles, toutes les marques et toutes les couleurs. Mon père les récupère pour moi dans les salons du bâtiment. Il m'en ramène des sacs entiers. J'attrape un quatre couleurs sur lequel est marqué « Vitrerie Deswaerte Père & Fils ».

Sur une enveloppe, j'écris :

---

3. « Chère Véda, si tu as un jour envie de naviguer, n'hésite pas à m'appeler ! »

« Bye bye Dunkerque ».
Objectif 10 000 euros.
Sur une feuille à côté, j'écris :
« Paie food-truck : 2 654 euros ».
Plus que 7 346 euros.
Facile.

Avec mon téléphone, je prends une photo des rollers Fitness Star, une autre de la Pléiade de Victor Hugo.

Je poste les photos sur leboncoin.fr.

Rollers : 150 euros. La Pléiade : 50 euros.

Beyoncé se réveille, me jette un regard indigné.

– Arrête, sinon c'est toi que je vends.

UN CHAMP DE NICHONS

Le lendemain matin, Ben ronfle sur le canapé du salon, Nintendo Switch à la main, bouche ouverte avec un filet de bave. Un sourire d'extase flotte sur son visage. Sur l'écran de sa console, un personnage au volant d'une voiture fonce dans un mur, en continu : « Aouch. Aouch. Aouch. Aouch. »

– Ben !

Il ouvre un œil.

– Laisse-moi. Je fais un rêve génial.

Il referme l'œil.

– J'ai décidé d'aller à Lille quoiqu'il arrive. 10 000 euros, ça se trouve.

– Je flotte au-dessus d'un champ de nichons... C'est magnifique...

– T'es grave...

– J'effleure des tétons, des centaines de milliers de tétons...

Il ouvre les yeux.

– Ça t'excite ? Les nichons ?

– T'es con ou quoi ?

Il se redresse.

– Des beaux seins… bien ronds.

– J'ai un mec je te signale.

Mon frère se rendort.

J'ai un mec, j'ai un mec, j'ai un mec. Les seins, je m'en fous. Ça ne me fait rien.

Rien du tout.

À MON MAQUEREAU CHÉRI

La Voix du Nord, le 28 août 2024.

À MON MAQUEREAU CHÉRI prolonge les festivités !

Bonne nouvelle ! Après un été fructueux, la baraque à frites et maquereaux poursuit son séjour sur le port de Dunkerque. À vingt-six ans, Allison nourrit ce projet depuis longtemps. « Je voulais créer un lieu pour les gens qui aiment la mer », résume-t-elle. La jeune femme a fait ses armes dans le déstockage à Paris, sa ville d'origine. Pour lancer son projet, il a d'abord fallu trouver le camion. « J'ai cherché sur Leboncoin, raconte Allison. Il y en a de toutes les tailles. Au départ, je voulais poser le food-truck à Marseille. Mais finalement, cette année, je me suis installée à Dunkerque, l'année prochaine, on verra ! » *À mon maquereau chéri* a pris son service au mois de juin. « Les affaires roulent ! explique Allison. Alors j'ai décidé de rester un peu. Au moins jusqu'à Noël. » En plus des maquereaux, Allison propose des brochettes de tomates cerises, courgettes et aubergines grillées pour les végétariens. Rendez-vous ce week-end pour fêter la fin de l'été ! Avec le sosie de Jul !

V. L.

Sur la pointe des pieds devant le food-truck, Allison scotche l'article de *La Voix du Nord* sur la carrosserie. Une de ses mèches rousses reste collée sous le scotch. Elle tire d'un coup sec. Quelques cheveux flottent dans l'air.

Je monte dans le camion, je noue mon tablier.

– Très bien, ton article, dit Allison.

De temps en temps, pour gagner un peu d'argent, j'écris pour *La Voix du Nord*. C'est payé 15 euros le feuillet, 2 euros la photo.

– Il faut que tu me gardes cette année, je déclare. J'ai besoin de fric.

– Désolée, j'embauche personne après l'été.

– Si je trouve pas l'argent, je vais devoir rester à Dunkerque après le bac. T'imagines ?

– Avec le mauvais temps et la fermeture de la terrasse, je ferai que de la vente à emporter.

– Salut les filles !

C'est Romain, le pêcheur qui fournit le poisson du food-truck. Trente ans, grand, barbe blonde de quelques jours, le visage rougi, asséché par le vent et le soleil, les bras chargés de trois bacs bleus remplis de maquereaux. Il les pose sur une table de la terrasse.

Je sors du camion, me plante devant Allison.

– S'il te plaît, j'insiste.

– Je ne peux pas.

Elle montre les maquereaux.

– Au boulot.

Soixante kilos de pêche, deux heures de travail. Le vent soulève les rebords du papier journal sous les poissons morts. Je flanque un maquereau sur la table, lui pince les joues. Les arêtes plates craquent, je tire pour sortir les entrailles gluantes et pleines de sang.

Je me sens bien avec Romain et Allison. Pourtant, on ne se connaît que depuis deux mois, depuis que j'ai répondu à la petite annonce d'Allison pour trouver une serveuse. On a passé l'été ensemble et on est devenus comme une famille. Ils me posent plein de questions sur mes parents, mon demi-frère, ma demi-sœur, mes amis. Un soir, je leur ai même parlé de Suzie, du pull rose fluo qu'elle avait acheté et qu'elle n'osait jamais porter, de sa passion pour les chevaux, du stage qu'elle avait prévu de faire en Camargue, du scoubidou qu'elle mâchouillait toute la journée. Allison m'a serrée dans ses bras.

Aujourd'hui, Allison est énervée.

– Qu'est-ce que t'as ? demande Romain.

Elle lâche son couteau, se prend la tête entre les mains. Un filament blanchâtre et sanguinolent se colle dans sa frange.

– Ce matin, j'ai reçu une plainte pour tapage nocturne. Et aussi pour détérioration de l'espace public, à cause des poubelles.

Elle ouvre le bras sur le bassin du port, les usines au loin.

– Tapage nocturne ! Ici ! Anita, je te jure, j'en peux plus d'elle.

– Pourquoi ce serait forcément elle… ? dit Romain.
– Qui d'autre ?

Anita, c'est la patronne de *L'Espadon rieur*, un bar de pêcheurs sur le port. Elle s'est mis dans le crâne que si son bar est proche de la faillite, c'est à cause d'Allison et de son food-truck, qui lui piquerait toute sa clientèle. Quand les gens arrivent à *L'Espadon rieur*, Anita les renifle. Si elle sent sur eux l'odeur du maquereau, elle les vire à coups de torchon.

Allison tranche une tête de poisson d'un coup sec. Une giclée de sang frappe sa joue.

– Putain ! elle crie. C'est bon. J'arrête.

Romain sourit en coin. Il la trouve belle, ça se voit. C'est vrai qu'elle est belle, Allison. Même avec les deux coups de soleil sous ses yeux, qui lui font des cernes rouges. Parfois, j'ai envie de toucher ses cheveux roux, sa peau blanche, de caresser sa clavicule.

– Je veux qu'elle tombe dans le port, lâche Allison.

Romain lève les yeux de son filet de maquereau et la regarde.

– Arrête.

– Qu'elle se fasse bouffer par les phoques.

– Elle est généreuse, dit Romain. Elle a pas eu une vie facile.

– C'est une salope égoïste et bouchée.

– Elle accueille sa nièce pour l'année.

Il donne un coup de menton dans ma direction.

– Elle a ton âge. Elle sera dans ton lycée. Je la récupère à la gare tout à l'heure. Frankie, elle s'appelle.

– J'imagine qu'Anita ne pouvait pas y aller elle-même ? siffle Allison.

Elle se tourne vers moi.

– Il sait pas dire non, c'est dingue.

Cent filets de maquereaux et douze kilos de pommes de terre plus tard, mes pieds balancent au-dessus de l'eau. De petites méduses bleues flottent, glissent les unes au-dessus des autres, sans se heurter. De l'autre côté du bassin, les hauts fourneaux crachent des fumées noires. J'allume mon portable.

Thelma a posté une story Insta : toute la bande au Starbucks de l'aéroport à Paris. Ils sont beaux, bronzés, musclés, les cheveux blond sel et mer. Jasmine a son sac Zadig & Voltaire, celui avec les petites ailes en argent.

Ils rentrent ce soir, ils ont promis de passer me voir au food-truck.

J'ouvre mon appareil photo. Je tends le bras, penche la tête sur le côté.

Oula… non.

Des boutons partout, mon eczéma dévore mon menton et tout le tour de mes lèvres. Pire, j'ai de la moustache. Il faut que je m'épile. Et le maillot. Les aisselles. Les jambes.

Mes jambes…

Mes cuisses…

Énormes.

Pour ne pas tomber épuisée au food-truck, j'ai passé mes soirées à grignoter les fondants au chocolat d'Allison. J'aurais dû arrêter de manger il y a trois jours. J'aurais réussi à maigrir. Maintenant, c'est trop tard.

– Putain de merde ! crie Allison depuis le camion.

– Quoi ?

– Plus de gaz ! Romain, tu peux aller acheter une bouteille ?

Il jette un œil à sa montre.

– Je peux pas. Je fonce à la gare chercher la nièce à Anita.

– La nièce *d'*Anita, corrige Allison.

Il lève les yeux au ciel.

Moi, quand on me reprend ou qu'on me dit comment me tenir, j'ai toujours honte à pleurer. Un jour, je mangeais avec Thelma chez ses parents. Ils avaient invité Judith Vérat. Immense, les cheveux courts comme la princesse Diana. Cette femme, à Malo-les-Bains, c'est une star. Elle ne se déplace qu'en Vespa, s'habille toujours super classe, avec des jeans, et des tee-shirts à manches larges. Très années quatre-vingt-dix. Tout le monde l'adore. Tout le monde la connaît.

Bref, on était à table. J'étais particulièrement emballée par mon sujet. Parfois, ça m'arrive et on ne peut plus me faire taire. Je me suis mise à parler d'Ellen MacArthur, la navigatrice, de ses records personnels à la voile, du jour où elle est arrivée première sur *Kingfisher*. Tous m'écoutaient et me trouvaient super. Je le sentais, et je me trouvais super. Je sentais aussi que mon corps était un peu trop avancé sur la table. Judith Vérat a dit : « T'es très mignonne, Véda. Mais il faut absolument que tu apprennes à tenir tes couverts. Ce n'est pas élégant, surtout pour une jeune fille. » Le cœur en arrêt, j'ai regardé mes mains. Mes poings étaient serrés autour de mon couteau et de ma fourchette. Je les bougeais dans tous les sens. La honte m'a foudroyée pendant qu'elle me faisait une leçon : « L'index le long de la tranche du couteau, la fourchette entre le pouce et l'index. » La discussion a repris. J'avais rougi, une grosse boule de chagrin s'était formée dans ma gorge. À un moment donné, je n'ai plus pu retenir mes larmes. Thelma m'a entraînée loin de la table. « On s'en fout de cette vieille salope », elle a chuchoté dans les escaliers. Mais, je ne sais pas pourquoi, mon cœur était fissuré.

– Je peux aller à la gare, je propose à Romain. En vélo, j'y serai en dix minutes.

– C'est gentil ça, répond Allison.

– Ça fera 20 euros.

– Tu perds pas le nord.

– Et tu m'embauches pour l'année ?

– T'es coriace, dit Allison.

J'adore. Dans sa bouche, c'est un compliment.

– Alors ?

– On verra.

Sur le vélo d'Allison, je répète dans ma tête : *Véda, mention très bien au bac, étudiante à Lille, coriace, coriace, coriace*.

Mon téléphone vibre.

Salut, c'est moi, Frankie, Romain m'a passé
ton numéro. Ça sera facile
de me reconnaître, j'ai les cheveux courts
et décolorés

Véda
Ok ! Moi désolée mais jsuis dégueu,
je sors du boulot

NORILSK

« La faute à pas de chance ».

C'est écrit en relief sur la dernière gaufrette amusante à la vanille. Romain m'avait confié un paquet de ces biscuits pour Frankie, je les ai boulottés un par un. *Crounch crounch crounch.* Il ne faut pas me confier de gâteaux. Ça m'obsède jusqu'à ce qu'il n'en reste plus une miette. Et après, je me hais. Quand ma mère me trouve devant le frigo, le tube de lait concentré sucré dans la bouche, elle m'appelle « Marie-Bouffe-Bouffe ».

Sur le quai de la gare, j'attends le train en provenance de Paris. Legging troué, tee-shirt maculé de tripes de poisson, je pue le maquereau jusqu'à la frange. Sous mes ongles, une ligne de graisse noire, je les cure avec une de mes clés.

« Veuillez-vous écarter de la bordure du quai, s'il vous plaît. »

Les cheveux décolorés apparaissent tout de suite. Frankie, grande, avance le menton haut.

Son regard scrute la voie pour me trouver. Je n'ai jamais vu une fille marcher comme ça. À grands pas dans ses Dr Martens, elle traverse la foule des passagers comme si elle était seule sur le quai. Elle porte un short de garçon, très large, un sweat à capuche.

Je lui fais signe. Elle répond avec un grand sourire. Accélère.

Arrivée devant moi, elle enlève un de ses écouteurs. J'entends une musique techno.

– Tu écoutes quoi ? je demande.

Elle a une égratignure sur le nez, comme un coup d'éplucheur à légumes, ça fait une croute. J'ai envie de la gratter.

– Un mix de VTSS, elle dit.

Je hoche la tête.

– Tu connais ? elle s'étonne.

Je hoche la tête encore plus vite.

– Oui, oui.

Mes joues brûlent.

– Avoue, tu connais pas.

– Je connais pas.

Elle me tend un écouteur.

– Tu veux ?

Des rires éclatent au bout de la voie ; un groupe se rapproche, prend tout l'espace. Je reconnais la planche de kitesurf orange fluo de Léo, le cri de Thelma – « T'es lourd ! » – qui rebondit sur le quai.

J'attrape la main de Frankie, sa valise.

– Viens !

Dans la gare, je me jette dans la cabine du photomaton, tire le rideau. Retiens mon souffle.

– Qu'est-ce qui se passe ? chuchote Frankie, tassée contre le mur.

– Mon mec. Je peux pas me montrer comme ça.

– Pourquoi ?

– Je pue le maquereau !

– Pas du tout, elle souffle.

Son haleine sent le cassis et la menthe.

– T'es parfaite ! Hyper jolie !

C'est elle, qui est jolie. Avec son sourire de dents parfaites et alignées, ses yeux verts.

Elle écarte un peu le rideau, jette un œil derrière.

– C'est lequel, ton mec ?

– Celui qui porte la planche.

Elle ferme le rideau.

– Vous êtes ensemble depuis longtemps ?

– Quatre mois. Juste avant l'été.

– Si t'étais ma copine, je m'en foutrais que ton tee-shirt soit sale.

« Ma copine ». Ce mot creuse un peu mon estomac.

– Ou que tu sentes le maquereau, elle ajoute.

– Je sens le maquereau ?

Elle éclate de rire.

– Non ! Mais, même si c'était le cas, je m'en foutrais. T'es belle, et s'il t'aime, il s'en fout. C'est pas ça qui compte.

J'ai envie de lui demander : *c'est quoi, qui compte ?*

L'espace d'une seconde, elle plante ses yeux dans les miens. Quelque chose de chaud traverse mes épaules, mes côtes. J'ai envie de la serrer dans mes bras.

– T'as quoi, sur le nez ? je dis.

J'ai parlé parce que je n'arrivais plus à respirer.

Elle touche son égratignure.

– C'est stylé, non ? Ça fait badass.

– Tu t'es battue ?

De nouveau, elle écarte le rideau.

– C'est bon, y a plus personne.

Frankie fait face à l'esplanade grise du parvis de la gare. Je n'arrive plus à détacher mes yeux d'elle. Elle écarte ses immenses bras, les tend vers le haut, prend une grande inspiration.

– On respire, ici !

Optimiste, la fille. Depuis deux jours, le vent rabat la fumée des usines, elle flotte dans les rues et picote le fond de la gorge.

J'équilibre la valise sur le porte-bagages. Dessus, plein d'autocollants. Sur l'un d'entre eux, à côté d'un arc-en-ciel, je lis « *dyke energy* », sur l'autre « drag-king Berlin ».

J'ai envie de savoir ce que ça veut dire « *dyke* », ce que ça veut dire « drag-king », mais je demande juste :

– Tu viens de Berlin ?

– *Yes*. J'y suis née. Ma mère est française, mais elle bosse comme DJ là-bas. C'est la meilleure ville du monde !

– Pourquoi t'es ici, alors ?

– Pour passer le bac. Ma mère va beaucoup voyager cette année, pour son boulot. En Argentine et tout. Alors je viens vivre un an chez ma tante, ici.

– Et t'es contente ?

– Je voulais rester à Berlin, mais elle ne veut pas me laisser seule à la maison.

Je grimace.

– Atterrir ici, c'est chaud, quand même...

– Ça pourrait être pire, elle dit.

Elle prend un air mystérieux.

– C'est pas Norilsk.

Elle attend de voir si je connais.

– Je connais pas, je souris.

– C'est une ville en Russie, la plus déprimante du monde. Avec des pluies acides, des températures atteignant - 30° C, les gens là-bas ont une espérance de vie de soixante ans. Et la ville pollue autant que la France entière. Et toi, tu aimes ici ?

– J'aime bien, mais je veux partir.

Elle monte sur ma selle et je pédale en danseuse, direction *L'Espadon rieur*.

– C'est pas trop lourd ?

– Non !

– T'es forte !

Elle dit ça, et je me sens encore plus forte.

– Je suis inscrite au lycée Notre-Dame-des-Flots, tu connais ?

– Je connais bien, j'y suis.

– Les gens sont sympas ?

Dans sa voix, il y a une grosse dose d'espoir, je ne sais pas quoi répondre à cette question. Il n'y a personne qui vient de Berlin, par exemple. Et personne avec des autocollants arc-en-ciel sur sa valise. Pas de filles aux cheveux courts et décolorés, non plus.

– On passe par la plage ? demande Frankie. J'ai trop hâte de voir la mer !

– C'est pas ma route. Je suis désolée mais faut que j'aille chercher ma sœur au centre aéré.

Et que je m'épile.

On traverse Dunkerque, je me concentre pour garder l'équilibre. J'ai envie que Frankie se serre plus fort contre moi, ma peau chauffe sous ses doigts, j'ai envie de rouler comme ça, encore, encore.

On passe devant le skatepark.

– Y a mon frère ! Regarde ! Enfin, mon demi-frère, le fils de ma belle-mère.

Je freine, on pose les pieds au sol. Je montre Ben en haut de la rampe.

– Celui avec le casque doré !

Il saute, file de l'autre côté, bondit, attrape ses rollers d'une main. Ses copains l'observent, concentrés, fébriles ; les patins de Ben frappent la rampe.

– On dirait qu'il vole, tu trouves pas ? Parfois, j'ai l'impression qu'il va jamais retomber, qu'il va toucher le ciel. Descendre une rampe, j'en rêve, mais ici, les filles ne vont pas sur les rampes. C'est pareil pour la voile, c'est mon rêve, faire le tour du monde en voilier. Mais ça, c'est pour les gens riches.

Faut que j'arrête de parler. Je parle trop. Je ne sais pas ce qui me prend, de lui raconter toute ma vie.

En haut de la rampe, Ben tente un *misty flip* : une vrille oblique. Il loupe, s'étale, glisse en bas de la pente. Se redresse sur les genoux.

– T'as filmé, sœurette ? il me lance.

Il roule jusqu'à nous, fait la bise à Frankie.

– Ben, il dit.

Il la regarde. Son short long, son sweat large, ses cheveux courts. Il la trouve belle, il la trouve cool, je le vois dans ses yeux.

– Tu viens d'arriver ? il lui demande.

– Frankie vient de Berlin, je dis.

– Y a un super skatepark, là-bas, non ?

– Le Skatehalle, acquiesce Frankie, fière.

– J'adorerais y aller.

Je rêve où il la drague ?

– Faut qu'on y aille ! Je coupe. Je dois aller chercher Gab.

– Sa demi-sœur, explique Ben.

– La fille de ma mère, je précise.

– Plein de moitiés, dit Frankie. C'est mieux que pas du tout.

Elle a l'air seule, tout à coup. Très seule.

Sur la route de *L'Espadon* rieur, devant le panneau fléché « Digue de mer », je bifurque.

Tant pis pour mes poils, Frankie verra la mer.

LA PLUS GRANDE FAN DU MEILLEUR FORGERON

Après la mer, Frankie m'accompagne au centre aéré de Dunkerque, pour récupérer ma sœur. Je ne l'ai pas vue depuis deux semaines. Elle était en vacances chez son père, à Londres.

Vous n'avez jamais vu une enfant plus mignonne que ma sœur. À sept ans, elle est plus petite que les autres filles de son âge. Ses cheveux sont toujours emmêlés, elle trouve toujours le moyen de salir ses fringues.

Sans me dire bonjour, Gabrielle jette son sac à dos dans mes bras.

– Elle est où, maman ?

– Elle bosse à l'escape game.

– Je voulais que ce soit elle, qui vienne me chercher. Pas toi.

Elle fonce devant nous avec des bruits de fusée.

– C'est son faux moi, j'explique à Frankie. J'ai lu ça sur psychologies.com. À chaque fois qu'on se retrouve, c'est pareil. Je lui ai manqué, alors elle me rejette. Elle va faire la gueule quelques heures et après ça ira. C'est pas contre moi.

On rattrape Gabrielle au passage piéton.

– Tu me fais un sourire ou quoi ? je dis. Ça fait deux semaines qu'on s'est pas vues.

Elle tourne la tête vers moi, crispe un faux sourire.

– T'as perdu une incisive, je remarque.

– Je m'en fous. Celle-là, je l'utilise jamais.

– Ça t'a fait mal ?

– Pas du tout. Je suis un robot !

– T'es une enfant.

– Je suis un robot. Un tas de ferraille.

Gabrielle se tourne vers Frankie.

– Tu connais *Le Meilleur Forgeron* ?

– Non.

Je précise :

– C'est une émission américaine.

Ma sœur lève le doigt.

– Je suis la plus grande fan du *Meilleur Forgeron*.

Elle faufile sa main dans la mienne. C'est comme un tour de clé qui ouvre ma poitrine. Elle m'a manqué.

– C'était bien le centre ? je lui demande.

– J'aurais préféré rester chez papa.

Elle se met à courir encore.

– Il vit où son père ? veut savoir Frankie.

– À Londres. Elle est rentrée hier, mais j'étais chez le mien, de père. Je sais, c'est compliqué.

– Et il est sympa, son père ?

– Il nous pourrit la vie.

On avance vers le port, je pousse le vélo. J'essaie de ne pas regarder Frankie toutes les trente secondes.

Je lui montre les hauts immeubles face au phare, des immeubles tout neufs.

– Avec ma mère, on habite dans les HLM là-bas. Le soir, c'est beau, on voit les lumières des usines, ça ressemble à une fête foraine. Si ça te dit, je te montrerai.

– Ça me dit !

On marche comme ça, côte à côte, jusqu'à *L'Espadon rieur*, un vieux bar de la citadelle, à la façade grise. Derrière des rideaux en dentelle jaunis, on devine deux hommes au comptoir, et la silhouette d'Anita, la patronne.

– C'est très moche, ici, commente Gabrielle.

Tout à coup, Frankie a l'air d'avoir envie de pleurer. Elle se force à sourire.

– Ça pourrait être pire ? je dis.

– Ça pourrait être Norilsk.

TÉLÉPHONE DE FRANKIE

NOTES – 1er septembre.
Choses déprimantes :
- Pas croisé un drapeau arc-en-ciel dans tout Dunkerque. Pas vu deux meufs se tenir la main. Ni deux mecs.
- Le bar d'Anita. Faillite. Pue le chien mouillé. Elle : sympa mais dépressive.
- La Sirène de Dunkerque, montée sur une bouée à l'entrée du port : statue aux cheveux jaunes, hanches lourdes, rouge à lèvres. À moitié à poil, on voit son sein. Écriteau : « Avec ses formes généreuses, la Sirène donne immédiatement le sourire aux marins, pêcheurs et plaisanciers passant le chenal, et elle est une icône de la mer du Nord. »

Chose heureuse :
- Véda.

CHANEL ROUGE PIRATE

Arrivée chez ma mère, Gabrielle se précipite sur le terrarium de Beyoncé, qui en a un chez mon père, un autre chez ma mère, et une cage en plastique pour les déplacements. Papa l'a déposée ce matin.

Je lâche mon sac sur le canapé couvert d'une tenture pleine de petits shivas. Ma mère a eu une phase yoga indien quand elle était jeune. Elle était fan. C'est même pour ça qu'elle m'a appelée Véda. Ça veut dire « connaissance » en sanskrit.

J'aime notre appartement, avec les grandes fenêtres du salon, qui donnent sur le port, le phare, les bateaux, les grues, l'eau calme.

Les autres appartements de la petite cité du Grand Large, c'est leur cuisine qui est orientée vers le port. Ils ne voient le phare qu'au travers d'une fenêtre hublot rectangulaire. Nous, depuis le salon, on voit le port tout entier. Le phare, la mer, je peux rester des heures à les regarder.

On a la plus belle vue de tout le quartier. Ici, la ville a mélangé des HLM et des appartements de propriétaires. Ma mère a harcelé le service logement pour être sûre d'être la première sur la liste des visites et pouvoir choisir le meilleur des appartements voués à la location.

Ma mère, elle est dans tous les bons plans.

Je n'ai plus le temps de m'épiler les jambes. Dans la salle de bains, je passe le rasoir dessus, fait sauter les croûtes de mes plaques d'eczéma, j'en ai partout en ce moment. Des petits filets de sang courent sur ma peau sèche. J'appuie une bande de cire sur ma moustache ; un, deux, trois. Non, je ne peux pas. Un, deux, trois. Je tire d'un coup sec. Douleur, peau écarlate, moustache rouge...

Parfois, être une fille, c'est ce qu'il y a de pire au monde.

J'entre dans ma chambre, celle que je partage avec Gabrielle. On a un lit superposé. Dans le lit du bas, Gabrielle joue derrière le drap qui lui sert de rideau. Sa bouche imite des tirs de pistolet laser, de mitraillette, de bombe nucléaire. Perchée sur mon lit, celui d'en haut, je peins mes ongles en rouge. Ça cache le gras de poisson, coincé en dessous, qui ne part pas au savon. J'ai piqué le vernis Chanel « rouge pirate » de ma mère. Elle déteste que je touche à ses affaires mais celui-là, c'est moi qui lui ai offert. Il m'a coûté trois heures de service au food-truck. Maman a adoré ce cadeau, elle ne s'achète presque jamais rien de neuf.

– Ça pue le vernis ! crie Gabrielle.

Elle a l'odorat très sensible.

– Je croyais que t'étais allergique ! elle ajoute.

Liste des choses interdites par la dermatologue : vernis à ongles, fond de teint, rouge à lèvres, dentifrice au fluor, crevettes, moules, chewing-gums, grattage, stress, chagrin.

Je bascule par-dessus la rambarde du lit. Tête en bas, je soulève le drap de sa cabane.

– Quoi ? elle grogne.

– Ça se voit ? Que je me suis épilé la moustache ?

Elle grimace.

– Extrêmement. T'as plein de boutons dégueulasses.

– Tu parles mal. Et pourquoi t'es méchante avec moi ?

– Je suis pas méchante.

Ma sœur bondit de son lit, attrape son jouet préféré, un grand bâton en bois qu'on a ramassé un jour en forêt.

– Je suis un serviteur du Feu Secret, détenteur de la flamme d'Anor. Le feu sombre ne vous servira à rien !

Elle se retourne vers moi.

– Repartez dans l'ombre !

Elle marmonne menaces et incantations, brandit le bâton devant son visage. Le plante dans le sol pour empêcher un monstre de passer. Hurle :

– Vous ne passerez pas !

Je me demande à quel âge j'ai arrêté de jouer.

– Salut les bibiches !

C'est maman.

Elle entre dans la chambre, avec dans les bras trois grandes boîtes blanches de traiteur, empilées les unes au-dessus des autres. Quand il y a des évènements à l'escape game, elle ramène toujours les restes.

– À la bouffe !

– Moi, je dois filer ! j'annonce.

– Ah non ! crie Gab. Tu pars pas tout de suite !

– Tu manges un truc avant ! ajoute maman.

Je lace mes baskets, des vraies Converse bleu ciel.

– Pas faim.

Je les adore, mes Converse, mais si j'avais pu choisir je les aurais prises en noir. Ma mère les a trouvées chez Emmaüs. Sur la semelle blanche, il y a une frise de petites étoiles dessinée par leur ancien propriétaire.

Ma sœur s'accroche à mes jambes.

– Pourquoi tu attends que je parte pour être gentille avec moi ? je dis.

– Tu pars pas.

– Je DOIS partir.

– D'abord, câlin !

JE PARIE SUR MON BAC

En veste en jean et baskets, je m'assieds deux minutes dans le canapé. Gabrielle donne un coup de langue sur ma joue.

– Arrête de tout lécher, t'es dégueulasse ! Tu sais que c'est bourré de bactéries, la peau ?

Sur mon portable, je cherche « bactéries peau joue ». Je lui montre une photo de vers translucides.

– Tu veux bouffer des asticots comme ça ?

– C'est bourré de protéines, elle dit.

Maman ouvre une des grandes boîtes de traiteur sur ses genoux.

– Mange avant de partir, Véda.

Des mini-pains au lait fourrés s'alignent sur un carton argenté. Elle annonce sur un ton de cheffe étoilée :

– Jambon, thon, gouda, mousse de canard !

Je prends un pain au hasard et déclare :

– Si je tombe sur mousse de canard, j'aurai pas mon bac.

Je ferme les yeux, me concentre.

– T'es folle, dit ma mère.

– T'es folle, répète Gabrielle.

Je mords. La mousse de canard s'étale sous mon palais.

Je grimace, crache tout dans une serviette.

– Dégueulasse !

– T'auras pas ton bac, dit ma sœur, grave.

– Et tu seras obligée de rester avec nous, ajoute maman. Tu pourras pas nous abandonner.

Dans la rue, j'enfonce les poings dans les poches de ma veste. Au milieu d'un tas de miettes, mes doigts rencontrent un petit jouet en plastique. C'est un personnage LEGO : Golden Wu, maître samouraï à longues moustaches. Un cadeau de Gabrielle, pour me porter bonheur. Elle fait ça souvent. Parfois, elle glisse même des flingues en plastique dans mon sac à dos. Pour me défendre. Contre quoi ? Je ne sais pas.

« Tu seras obligée de rester avec nous. Tu pourras pas nous abandonner. »

De la part de quelqu'un qui a laissé tomber sa fille pendant un an pour suivre un mec à Lille, je trouve ça gonflé. J'avais huit ans. Je ne sais plus comment maman me l'a annoncé. Je ne sais plus comment ça s'est passé, mais quand j'y pense, j'ai mal au bras gauche, comme si on injectait de l'air dans mes muscles. Ne me demandez pas pourquoi le bras gauche, c'est comme ça, je n'en sais rien. Ce qu'il se passe dans notre corps, on ne peut pas toujours l'expliquer. Ma mère, je ne l'ai vue qu'une fois cette année-là.

C'était un samedi après-midi. Papa m'avait déposée en bas de son immeuble. Maman avait des lunettes de soleil roses. On est allées chercher un sachet de quatre pains au chocolat pour 2 euros chez Tout Chaud ; des pains au chocolat à la mie jaune, tièdes, pas trop cuits, les meilleurs. Avec son mec, elle vivait dans un appartement avec mezzanine. Eux, ils dormaient en haut. Son mec avait une console de jeu. Une Xbox 360. Il me laissait jouer à *Spyro* : un dragon violet qui devait collecter des pièces d'or et pouvait souffler du feu pour se défendre. Mais ce n'était qu'un bébé dragon, il se cognait souvent. Ce jour-là, j'ai joué à *Spyro* toute la journée. Je ne voulais pas parler. Quand je suis partie, elle m'a donné une carte postale, avec l'empreinte d'un baiser au rouge à lèvres. C'était écrit à l'encre bleu turquoise : « *Hakuna Matata* ». Comme dans *Le Roi lion*. Ça veut dire « pas de souci » en swahili. Je me souviens que là-bas, dans cet appartement, j'avais eu une sensation d'irréel, comme si ma mère n'était pas au bon endroit. C'était à la maison, que je la voulais. Pas là. Elle était belle et elle me manquait tellement que j'avais mal au ventre.

TÉLÉPHONE DE VÉDA

Véda
Vous êtes rentrés ? On se voit toujours ce soir ?

Léo
Yes V, trop hâte de te voir

Véda
Passez au food-truck !

Léo
Je sais pas, y a une fête à la base de voile.
Je vois avec les copains et je te dis

***

Thelma
On débarque vers 21 h, ok pour toi ? J'ai motivé Léo et Sacha

Véda
[émoji cœur, émoji étoiles dans les yeux, émoji cœur, émoji cœur, émoji cœur]

***

Frankie
Salut ! C'est Frankie ! De la gare

Véda
Salut ! Alors, c'est comment, chez ta tante ?

Frankie
Un peu déprimant. Mais on voit la mer !
Et elle m'a laissé des beignets de crevettes grises dans le frigo. Elle a écrit « spécialité d'ici ». Tu connais ?

Véda
J'adore, mais jsuis allergique

Mais j'en mange quand même !

I LOVE MAQUEREAUX

Au food-truck, la sueur goutte sous ma casquette « I LOVE MAQUEREAUX », mes oreilles bourdonnent. La nuit est tombée sur le port et la terrasse. Les lampions roses se balancent au-dessus des tables pleines et bruyantes. Sur l'estrade, un type en maillot de foot chante « *En bande organisée, personne peut nous canaliser*[4] », entouré de deux majorettes en mini-short à paillettes, paumes vers le sol, dos arqué, menton levé. J'ai mis un débardeur noir. Un soutif rembourré.

Je guette le parking. Il est 21 heures 30. Thelma m'a écrit qu'elle arrivait, avec les autres, dans dix minutes.

C'était il y a une heure.

Je regrette de ne pas avoir proposé à Frankie de venir. Je n'ai pas osé. Pourtant, cette fille, j'ai envie qu'elle devienne mon amie. Et même ma meilleure

---

4. 13'Organisé – Elams, Houari, Jul, Kofs, Naps, SCH, Solda, Soso Maness (2020). « Bande organisée ». Dans *13'Organisé*. Rien 100 rien.

amie. Mes amitiés, souvent, ce sont des obsessions. Quand j'ai rencontré Thelma, en seconde, je dormais avec son foulard, je me shootais avec son odeur, ça sentait bon, un mélange des poils de son chien et de lait tiède, avec une pointe d'orange. Je préfère l'odeur des filles. Les mecs, eux, ils sentent soit le déo, soit la lessive, soit la sueur. Sauf mon père. Lui, il sent toujours les copeaux de bois et la poussière. Le pull rose fluo de Suzie, caché sous mon oreiller, a encore l'odeur de Suzie. Herbe mouillée, lait démaquillant.

Je tends une assiette de maquereaux grillés par-dessus le comptoir.

– David ! je crie. Une magic-maquereaux ! David ?

Une fille en crop top frappe des petits coups impatients sur la caisse.

– DAVID ? je crie.

– Donne-la-moi la magic-maquereaux ! râle un homme à casquette Lacoste. Ça fait une demi-heure que j'ai commandé.

– Moi, au moins quarante minutes ! grogne la fille.

– Moi une heure ! crie une autre.

Aux fourneaux derrière moi, Allison me tend un Post-it.

– T'as écrit quoi, là ?

Je plisse les yeux pour déchiffrer ; une goutte de sueur brûle mon œil.

– Deux super-hot-maquereaux supplément piment. Je crois.

– Écris lisible ! Merde !

Quand elle me gueule dessus, je panique, mon cœur accélère.

– DAVID ? je hurle, l'assiette à la main.

Sur la scène, les majorettes montent une pyramide.

– DAVID !

Allison hurle par-dessus mon épaule.

– DAVID ! Putain… DAVID ! DAVID BOWIE !

Les clients éclatent d'un même rire, se mettent à crier : « DA-VID BO-WIE ! DA-VID BO-WIE ! DA-VID BO-WIE ! »

David accourt, prend l'assiette. Toute la terrasse l'acclame.

Allison me donne une tape sur la hanche.

– Secoue-toi un peu ! T'as quoi ce soir ?

– J'ai que mes amis ne viennent pas.

– Et c'est quoi sur tes ongles ? Putain Véda, pas de vernis en cuisine !

– C'est un Chanel ! Y a pas de trucs chimiques dedans.

– Tu rêves, toi.

Elle retourne aux fourneaux.

– Vous m'en mettez trois de plus ? dit David. Trois MacGyver !

MacGyver : maquereaux, wasabi, baies de Goji.

– J'ai besoin de poisson ! lance Allison.

J'ouvre le frigo, deux pauvres maquereaux tout maigres agonisent dans le bac.

– On est à sec !

– Plan D !

D, comme décongélation.

Elle claque des doigts devant mes yeux.

– Réveille-toi !

Je me dépêche de descendre les trois marches à l'arrière du camion, j'ouvre la glacière pleine de poissons couverts de givre.

– Allison !

Elle passe la tête par la porte.

– C'est des harengs, je dis en montrant la glacière.

– Ils sont tous bourrés, ils remarqueront rien.

Elle en jette dix sur le feu, me tend la pince, enlève ses gants.

– Prends la grille, je vais à la caisse ! Tout est réglo chez À mon maquereau !

Je tourne un poisson, plisse les yeux, la graisse en fumée épaisse se colle sur mes cils.

– Et trois MacGyver pour Léo ! Trois ! crie Allison.

Je me retourne. Léo est là, il porte un sweat neuf avec un squelette qui surfe.

De ma manche, j'essuie la sueur sur mon front.

– Tu nous rejoins ? il dit. On est à la table au fond.

– C'est lui, ton mec ? souffle Allison. Canon.

Mon mec.

Mon mec.

Mon mec.

Canon.

Allison me donne une bourrade.

– Tu vois qu'ils sont venus, finalement. Va dire bonjour et reviens bosser.

Je détache mon tablier, bondit du camion, court à leur table.

Thelma bronzée, en minirobe de soie rose fluo, Sacha immense, Léo, si grand, si beau.

Thelma m'aperçoit, pousse un cri de joie, un vrai cri. C'est ce que j'aime le plus chez elle, elle montre toujours ses émotions, même un peu trop. Elle n'a pas honte qu'on voie qu'elle est contente ou en colère. Elle me serre dans ses bras, ses longs cheveux blonds sentent le monoï et la mer bleu turquoise.

– J'ai pris au moins quatre kilos, elle soupire.

– T'as pas grossi du tout. Moi, j'ai bouffé tout l'été.

– T'es mince comme un coton-tige.

Chaque fois qu'on se retrouve, c'est le même dialogue. Mais pour Thelma, c'est plus compliqué encore. Elle est obsédée par son poids. Elle compte les calories.

– Tu m'as trop manqué, je dis.

– Toi aussi.

Elle attrape mon poignet et y enfile un de ses bracelets en perles de rocailles. Il tombe sur la fine gourmette en argent gravée « Suzie ». Elle me colle une bise sur la joue.

– Je sens pas trop le maquereau ?

– Pas du tout. Tu sens la Véda.

– Et ça sent bon ?

– Moi je t'aime, alors ça sent bon.

Sacha enlève sa casquette pour me faire la bise.

– Ça va, meuf ?

Il a rasé ses cheveux. Sûrement encore un de leurs paris.

Léo me prend dans ses bras, je rentre le ventre, les hanches, les cuisses.

– T'es belle, il dit.

Il sent le rhum, mais je le crois quand même.

– Elle est pas là, Jasmine ? je demande.

Un éclair de panique passe dans l'œil de Thelma.

– Elle était trop crevée.

Sacha regarde la scène et les majorettes.

– C'est soirée petits culs ?

Il donne un coup de coude à Léo.

– Celui qui en chope le plus gagne.

– Vous êtes tellement cons, soupire Thelma, cons comme des boulons.

Elle se tourne vers moi.

– Un jour de plus avec ces débiles et je me flinguais.

– Véda !

Allison m'appelle depuis le camion.

– Faut que j'y retourne. Vous restez un peu ?

– Tu nous files des bières gratos ? me demande Sacha.

– Je peux pas.

– Allez, insiste Léo. Pour nous !

Thelma hausse le ton.

– Si elle peut pas, c'est qu'elle peut pas.

Quelque chose a changé. D'habitude, face à Léo, Thelma n'est que gloussades et rigolades.

Dans le food-truck, je jongle avec les harengs, joue au frisbee avec les assiettes en carton, appelle les clients qui accourent, dévorent, dansent, paient, paient, paient.

– Ça c'est ma Védounette ! me félicite Allison.

Les pourboires tintent dans le pot en verre.

Depuis la scène, une voix claire s'élève, une des majorettes a pris le micro, elle chante « *I Will Always Love You* ». Elle a une voix magnifique, tout le monde l'écoute, en suspens, comme si plus personne n'avait de souci.

Les moments calmes, comme ça, je voudrais qu'ils s'étirent, qu'ils durent deux jours, une semaine, toute la vie.

RETOURNE PÊCHER TES MOULES

Une heure plus tard, tout déraille. Un verre éclate sur le goudron. Léo crie quelque chose que je ne comprends pas. Thelma le gifle, le pousse des deux mains.

Un client se penche sur le comptoir.

– Hé, la patronne !

Allison surgit, une courgette à la main. Le type montre la table de ma bande.

– Ils font chier tout le monde.

Allison me donne un coup de coude.

– Va calmer tes potes !

Je cours après Thelma. La rattrape.

– Thelma !

– Quoi ? elle hurle

– Qu'est-ce qui s'est passé ? Qu'est-ce qu'il a fait ?

Sa bouche tremble.

– C'est tellement un connard, parfois ! Véda, je devrais pas te le dire, mais tu vaux beaucoup, beaucoup mieux que ça !

– Pars pas ! Prends une table plus près de moi.

– Je vais à la base de voile. Retrouver Jasmine.

Léo et Sacha ricanent, écroulés sur leur table.

– Faut que vous partiez, je dis. On va fermer de toute façon.

Léo se redresse. Il attrape ma main.

– C'est beau, ce vernis. Mais c'est pas pour les ongles longs, normalement ?

Mon cœur rétrécit d'un coup. Je range tous mes doigts dans mon poing.

– S'il vous plaît… Vous êtes trop bourrés.

Debout, penché en arrière, Léo crie à la terrasse entière :

– FAUT QU'ON PARTE ?

Le chanteur arrête de chanter. Les majorettes de majoretter.

Je tire Léo par le bras.

– C'est mon job !

Il descend de la chaise, trébuche, s'approche de moi, le torse bombé.

– T'as quoi ?

En une seconde, Allison se tient entre nous.

Elle ne descend jamais du camion. Sauf une fois. Un client m'avait touché le cul, elle l'a poussé à l'eau.

Elle fait un pas vers Léo, qui recule.

– Tu dégages. Et tu reviens plus ici. La prochaine fois que je te vois, j'appelle les flics.

Il titube, murmure :

– Connasse.

– Pardon ? fait Allison.

– Laisse, je supplie. Il a trop bu, c'est tout. Ils vont partir.

– Toi aussi, il dit. Connasse.

Elle compose un numéro sur son portable. Met le haut-parleur.

« *Commissariat de police de Dunkerque, nous allons prendre votre appel.* »

– C'est bon, on part, lâche Léo. Retourne pêcher tes moules.

Sacha sort de sa poche un billet de 50 euros.

– Pour le verre cassé.

Allison lui arrache le billet des doigts.

– Dégagez.

PERSONNE DEVRAIT TE PARLER COMME ÇA

Dans l'étroite cuisine du food-truck, je récure la grille. Des miettes de hareng brûlé se coincent dans les nœuds de l'éponge métallique. L'odeur d'amande du liquide vaisselle me donne envie de vomir. Mon téléphone est en équilibre sur l'égouttoir, je le regarde toutes les trente secondes.

Penchée sur la caisse, Allison compte les pièces, écrase les touches de la calculette.

– Il me parle jamais comme ça, d'habitude, je tente.

– Cinq cent TROIS.

– J'aurais pas dû leur dire de venir, je suis désolée.

– Six cent DOUZE.

– C'est ma faute. Pardon, Alli...

Ses mains s'abattent sur la caisse, des pièces tombent en tintant sur le sol.

– « Connasse » ?

Les larmes montent au fond de ma gorge. Allison baisse la voix :

– Je suis pas en colère contre toi, Véda. Mais personne devrait te parler comme ça.

J'ai envie de plonger dans l'eau de vaisselle, de disparaître dans la mousse.

– Tu ne devrais pas le laisser te parler comme ça, elle répète. Quelqu'un qui t'aime ne te parle pas comme ça.

– Il m'aime... Je te jure, c'est pas tout le temps comme ça.

Je retourne à ma vaisselle. Allison jette une fourchette dans l'évier. Une goutte de mousse atterrit sur mon menton.

– OK, sujet clos. Mais fallait que je te le dise.

Elle ramasse les centimes tombés par terre et ajoute :

– Parce que MOI, je t'aime.

Des larmes tombent dans l'eau de vaisselle. J'essuie mon nez avec ma manche.

Mon téléphone vibre dans la poche de mon tablier. Je rince mes mains, l'attrape.

Léo

Tu viens à la base de voile ?

C'est comme s'il avait soufflé dans mes côtes avec une paille. Je respire.

J'ai envie de prendre Allison dans mes bras, de bondir, de chanter.

– On a assuré ce soir, non ? je dis.

– Neuf cent quarante trois... neuf cent cinquante... ah merde ! Véda !

– Désolée.

Elle soupire, se tourne vers moi.

– TU as assuré.

Je donne un petit coup de pied dans la glacière.

– J'espère que personne va être malade.

Elle me tend un billet de 50 euros.

– Pourquoi tu me donnes ça ?

– J'achète ton silence.

Le téléphone vibre encore.

Léo

Passe au 24/24, chope rhum

00 h 10, indique le four. L'épicerie de la Basse-Ville ferme à 1 heure du matin.

Véda

Ok !

Vite, je gratte mon vernis.

– Pourquoi tu l'enlèves ? dit Allison. C'était joli.

– J'aime pas, en fait. C'est pas « moi ».

Parce que Léo trouve ça moche. Parce que je veux plaire à Léo. Parce que Léo et moi, on va se marier et inviter tout Dunkerque, même les profs et le directeur. Pour notre lune de miel, on traversera l'Atlantique en voilier. Il me l'a promis un soir. J'espère qu'il s'en souvient.

Allison ouvre le placard sous l'évier et en sort un bidon blanc d'acétate.

– Essaie ça, ça marche.

J'éteins les guirlandes de lumière.

– Je peux prendre des bières ? Je vais à une fête.

– T'as dix-huit ans ? Non. Donc non.

Elle ouvre le frigo. Sors des bouteilles de limonade P'tit Quinquin, me les tend.

– Monte pas dans la voiture d'un mec bourré.

– Promis.

Sur mon vélo, mon sac à dos tinte, rempli des bouteilles que m'a données Allison. *P'tit Quinquin.* C'est une chanson que ma mamie me chantait en ch'ti quand j'étais petite, en me frottant le dos : « *Dors min p'tit Quinquin, min p'tit pouchin, min gros rogin, te m'feras du chagrin, si te'n'dors point ch'qu'à d'main.* »

Je fonce à toute vitesse sur l'avenue qui mène au centre-ville. Des milliers d'éclats de miroir brillent, incrustés dans le goudron. La nuit, ça donne l'impression de rouler dans l'espace. J'adore les missions. Je me vois arriver en héroïne avec mes bouteilles à la base de voile. Je pédale de toutes mes forces pour ne pas rater la fermeture de l'épicerie, je lâche mon vélo contre le mur, me redresse pour faire dix-huit ans, souris au patron qui ne sourit jamais.

– Deux bouteilles de rhum, s'il vous plaît.

– 49 euros.

Je tends le billet d'Allison.

Léo me remboursera.

TADAM

La base de voile : quatre bâtiments autour d'une grande pelouse, où s'alignent les chars à voile et les Optimists. Barbecues, gobelets rouges, crop tops... Les fêtes, ici, c'est comme dans les séries américaines. Entre les chars, j'entends un cri : « Wouhouuuuw ! » Jasmine, en culotte, seins nus, court et se jette à plat ventre sur une bâche savonnée. Elle glisse dans une grande gerbe d'eau mousseuse. Les mecs font griller des merguez. Je brandis, fière, mes deux bouteilles de rhum.

– Tadam !

Léo a l'air moins bourré que tout à l'heure.

La première fois qu'on s'est embrassés, avec Léo, c'était ici, aux vacances de Pâques, quelques semaines après la mort de Suzie. Thelma m'avait envoyé : « Il y a une fête à la base de voile, si ça te dit, pour te changer les idées. »

Léo, Thelma m'en parlait tout le temps. C'est son ami d'enfance. Ils étaient chez la même nourrice.

Leurs parents partent en vacances ensemble chaque année. Tout le monde connaît Léo, tout le monde l'adore, toute la ville est fière de lui. C'est LE champion de kitesurf de Dunkerque. Immense, blond, musclé, toujours avec des sweats neufs de ses sponsors. Il a un an de plus que nous. Il était en terminale quand on était en première. Jamais je n'aurais pu croire qu'il s'intéresserait à moi. Mais si.

Le soir de cette fête à la base de voile, le jour où on s'est vraiment rencontrés, je suis sûre qu'il savait exactement quel effet il faisait avec sa cigarette roulée au bord des lèvres, son jean clair. C'était comme ci il y avait un projecteur braqué sur lui. Exactement comme ce soir.

Léo, c'est mon premier. C'est le seul. On a couché ensemble une semaine après s'être embrassés pour la première fois. Je sais, c'est tôt, mais j'en avais envie. Je crois. Je ne sais pas.

Ma première fois, je l'avais imaginée des milliards de fois. Ça se passait toujours dans un lit. Mais finalement, ça a été sur le banc des phoques, un peu bourrés, avec du sable partout.

On avait encore fait la fête à la base de voile. On avait dansé. Pendant toute une soirée, toute une nuit, je n'avais pas pensé une seule fois à Suzie. Léo m'avait embrassée, embrassée, embrassée. Et puis, juste avant le lever du soleil, Léo m'a emmenée sur son zodiac. Faire du bateau, c'était mon rêve. Je n'étais jamais allée aussi loin, jusqu'au banc des phoques, au large de Malo-les-Bains. C'est une longue bande de sable qui apparaît quand la mer est très basse.

Les phoques étaient là, sur la pointe la plus à l'ouest. Étalés comme sur la banquise, gris, lisses, luisants ; trois gros phoques à moustaches. On est restés à distance. J'ai raconté à Léo la légende des Selkies : en Écosse, la nuit, les femmes-phoques abandonnent leurs peaux et vont danser sur la terre ferme, au clair de lune. Si un homme vole la peau d'une selkie, elle doit lui obéir et devenir sa femme.

C'est la seule fois en quatre mois d'histoire d'amour que j'ai eu la sensation que je l'intéressais vraiment, qu'il m'écoutait. Pendant qu'on faisait l'amour, j'arrêtais pas de penser que les phoques nous observaient. Je leur jetais des coups d'œil toutes les trente secondes, je me demandais si l'un d'entre eux était la réincarnation de Suzie. Comme il y avait le ciel juste au-dessus de nous, et beaucoup d'étoiles, je me demandais aussi si mes grands-parents pouvaient nous voir. C'est quelque chose que j'imagine souvent, ça. Que mes grands-parents – ils sont tous morts – peuvent me regarder depuis le ciel et qu'ils enregistrent les pires moments, et que, quand je serai aussi morte, on sera tous là à regarder les moments les plus honteux ou intimes de ma vie sur un vieux téléviseur.

Avec Léo, j'avais peur de m'y prendre n'importe comment, d'aller trop vite, trop fort, de n'être pas assez douce, ou alors trop lente, et je n'arrêtais pas de penser qu'on était en train de LE FAIRE. Il s'est allongé sur moi. J'ai eu mal. « C'est ta première fois ? » « Non. » Je me répétais, répétais, répétais *ça y est, je fais l'amour*. À force, les mots sont devenus tout creux. Et ce qui se passait aussi. Je me souviens juste que ça a duré longtemps, très longtemps. Et je me disais *j'ai trop de chance, il n'est pas éjaculateur précoce*. Parce que ça, ça aurait été horrible, il paraît que c'est ce qui peut arriver de pire.

– C'était bien ? m'a demandé Thelma le lendemain.

On était chez elle, dans le gros canapé vert olive de l'étage, on regardait *Euphoria*. On mangeait des baby carottes.

– C'était bien… bien ? elle a demandé en enfonçant une baby carotte dans une soucoupe de ketchup.

– Ça a duré longtemps. Environ deux heures.

– C'est l'alcool et le pétard. Ça empêche de jouir.

J'ai menti :

– En tout cas, moi, j'ai joui.

Le portable de Thelma a vibré. C'était un message de Léo. Le portable a encore vibré. C'était un vocal. Il chantait « *I'm in love with Véda and Véda is in love with me*[5] », il avait l'air heureux.

– Il a l'air bourré, a dit Thelma.

Devant mon air déconfit, elle m'a donné un coup dans l'épaule.

---

5. « Je suis amoureux de Véda et Véda est amoureuse de moi. »

– Et amoureux ! Il t'aime. Je l'ai jamais entendu aussi amoureux. Jamais.

Ce soir, Léo attrape mes deux bouteilles, m'embrasse sur la joue, me montre une table, remplie de sacs siglés « Alerte Apéro ».

– En fait, c'est bon. On a appelé Alerte Apéro.

C'est un service qui livre de l'alcool toute la nuit, à Dunkerque.

Je n'ai pas envie de râler. Pas envie qu'on se dispute.

– Elle est là, Thelma ? je demande.

– Elle traîne quelque part, il dit.

– Pourquoi vous vous êtes engueulés tout à l'heure ?

Il vide la moitié d'une bouteille de Coca sur le sol. La remplit de rhum. Boit deux gorgées. Me la tend. Je bois quatre gorgées.

– Ça, c'est ma meuf, sourit Léo.

Et il m'embrasse.

Une heure plus tard, je sais pas comment j'atterris dans le vestiaire de la base de voile. Le torse nu de Léo contre le mien, ses mains sur mes seins.

La fatigue et l'alcool m'assomment, mes paupières se ferment, mon cerveau à moitié endormi compte encore les maquereaux gluants et visqueux. Sur les patères au mur pendent des combinaisons de plongée. On dirait des mues de phoque. Léo halète dans mon cou.

Des peaux de phoque luisantes et mortes.

– Je suis défoncée, je dis.

– T'inquiète.

Son torse mouillé se colle contre mes seins. Je me cambre, c'est ce qu'il faut faire. Il me serre contre lui.

Quelqu'un frappe à la porte.

– Léo ?

Thelma.

– Chut, fait Léo, l'index posé sur ma bouche.

Il serre encore plus son ventre contre le mien. Passe la main sous mon jean.

Elle tambourine sur la porte.

– ARRÊTEZ !

– Qu'est-ce qu'elle a ? je souffle.

Thelma hurle :

– Putain Léo ! T'avais promis ! Sors de là !

Je me dégage des bras de Léo. Ouvre la porte.

– Mais qu'est-ce que t'as ?

Son mascara a coulé jusqu'à son menton. Elle pleure.

– Thelma, qu'est-ce qu'il y a ? j'insiste.

Elle regarde Léo, la mine dégoûtée, sa tête fait non, non...

– Laisse-nous Thelm... il grogne.

– Tu fais vraiment chier ! elle crie. Connard !

Elle claque la porte.

Il prend une gorgée de rhum-coca, me tend la bouteille.

– Qu'est-ce qui se passe ?

– Elle a trop bu, c'est tout.

Je fouille ses yeux, cherche la vérité.

– Allez ! il se marre. Y a rien, je te dis. Cul sec !

Je prends une gorgée.

Parfois, on a vraiment, vraiment pas envie de savoir.

Le lendemain matin, un rayon de soleil me réveille. J'ai le corps lourd.

– On est où ?

J'ouvre les yeux sous une couette, dans l'énorme canot gonflable de la base de voile. Autour de moi, des murs. On a dormi à l'intérieur du zodiac, à l'abri dans son garage. Allongé à côté de moi, Léo. Je me redresse. Vois Sacha par terre. Une bite dessinée au marqueur sur la joue. Leur blague préférée. Je plaque les mains sur mes cuisses. Tout va bien. J'ai mon jean.

Mais je ne me souviens de rien.

Mon sang pulse sous mon crâne. Je pousse la jambe de Léo.

Il grogne.

– Désolée.

Tout à l'heure, il s'en va faire sa rentrée à la fac, à Boulogne-sur-Mer. J'aurais aimé qu'il se réveille, qu'il me prenne dans ses bras, qu'on sorte boire un café, qu'on se dise au revoir.

Mais je suis sûre que je n'aurai rien de tout ça.

La bouche pâteuse de cendres et d'alcool, j'envoie un message à Thelma : « Je peux venir ? »

Je veux savoir ce qu'elle a. Et j'aime bien les petits déjeuners chez Thelma. Il y a toujours du Tropicana Ruby Breakfast.

TROPICANA RUBY BREAKFAST

Parmi toutes les salles de bains que je connais, celle des parents de Thelma est la plus belle. Vaste, des miroirs immenses dans lesquels nos corps sont toujours beaux et minces, une baignoire à pattes de lion, des gels lavant Hermès dans des bouteilles vert émeraude. Sous la douche, j'ai envie de frapper mes cuisses, de les pincer pour qu'elles maigrissent. Quand je regarde mon corps d'en haut, il me semble disproportionné. Pas un corps de fille, un corps bizarre et moche. J'augmente la pression des jets massants jusqu'au maximum. Je voudrais les tailler, mes jambes, un peu sur le côté, un peu au milieu, les affiner, les ciseler. Je voudrais être une vraie fille, avec des jambes fines, un ventre plat, comme Lily-Rose Depp, Gigi Hadid, Zendaya, Kendall Jenner. Ou un mec avec des poils, des jambes longues et musclées.

Je descends, les cheveux mouillés, parfumés à l'Hermès eau d'orange verte. Je rejoins Thelma dans la cuisine.

– Bolivie, Bangladesh, Bulgarie ! liste Thelma.

Enfouie dans un pyjama Stitch en pilou pilou, les yeux avalés par l'écran de son MacBook, Thelma joue sur *JetPunk*, un site de quiz qui la rend dingue depuis des mois. Là, elle doit taper en moins d'une minute le maximum de noms de pays commençant par B. Je me penche par-dessus son épaule.

– Brésil, je souffle.

– T'es un génie.

– Ça va mieux ? T'avais quoi hier ?

– Trop bu.

– C'est quoi le problème avec Léo ?

– Belgique ! Putain, j'avais même pas pensé à la Belgique ! Perdu.

Elle ferme son Mac. Attrape ses écouteurs sur le plan de travail. Se met debout. Ouvre la fermeture éclair de sa peau de Stitch. En brassière de sport, elle enroule le fil autour de son ventre, fait un tour.

– J'ai vu ça sur TikTok. Faut faire le tour de son ventre deux fois. Ça veut dire qu'on est mince.

– T'as gâché nos retrouvailles, je dis.

Elle plante ses yeux dans les miens

– J'étais bourrée. Désolée. Ça t'arrive aussi de faire n'importe quoi. Ça t'arrive même souvent.

– Coucou les filles !

La mère de Thelma apparaît dans un pull mohair. Elle passe les bras dans le cou de sa fille, l'embrasse dans les cheveux. Thelma se dégage.

– T'as proposé du jus à Véda ? demande sa mère.

– Tu veux du jus… ? dit Thelma d'une voix plate.

Sa mère nous regarde, inquiète.

– Ça va, vous deux ? Vous vous disputez ?

– Non, répond Thelma.

Sa mère se tourne vers moi.

– C'est toujours bon, pour votre coloc ?

Thelma est fille unique. Tout le fric de ses parents médecins, c'est pour elle. Quand elle est entrée au lycée, ils lui ont acheté un appartement dans le vieux Lille. Ils le louent à des étudiants en attendant que Thelma soit elle-même étudiante. Et sa mère m'a proposé de prendre la deuxième chambre.

– Ça irait, 400 euros par mois, pour tes parents ?

J'espérais qu'elle me laisse la chambre gratos.

– Oui ! De toute façon, c'est moi qui paie.

– Comment tu vas faire ?

– Je vais prendre un job. Je vais trouver.

Elle me regarde avec admiration. J'aime quand les adultes me considèrent comme une fille courageuse, qui ne part pas avec les mêmes chances que les autres. Une battante.

La main sur la porte du frigo ouvert, elle se tourne vers sa fille.

– J'espère que tu mesures ta chance, Thelma. Que tu seras sérieuse, l'année prochaine.

Elle pose un verre de jus devant moi, un autre devant sa fille, repart.

– Elle est insupp', soupire Thelma.

Elle ouvre son Mac, colle son nez à l'écran.

– Andorre… Andorre… C'est quoi déjà, la capitale d'Andorre ?

– C'est Andorre.

– Si j'ai un appart un jour, elle dit, je ferai pas payer de loyer aux copains de mes gosses.

– T'inquiète pas avec ça. La thune, ça se trouve.

Elle lève son verre de Tropicana.

– On sera jamais comme nos mères.

Je cogne mon verre au sien.

– Jamais.

Un petit morceau de pulpe s'est coincé entre mes dents, j'essaie de l'enlever avec la pointe de ma langue.

– Si tu veux, je te file du fric, propose Thelma.

– Même pas en rêve.

– Ça va, on est amies.

– Arrête.

– Je peux vendre des fringues de ma mère, elle a plein de trucs de luxe qu'elle met jamais. Elle s'en rendra même pas compte.

– C'est du vol.

– Pas vraiment, puisque l'argent lui reviendra.

– L'idéal, je dis, ça aurait été de continuer le food-truck. Ça paie bien. Les pourboires, et tout.

– T'as vu sur Facebook, au fait ? Le food-truck ?

– Quoi ?

– Allison s'en prend plein la gueule. Attends, je te montre.

BANCO !

– « Ses maquereaux, lit Romain, c'est du décongelé. Faut la dénoncer aux services d'hygiène. »

J'ai foncé au food-truck pour montrer les hashtags et les posts à Allison. Sur @dkpropre, @dkcityoflove, @dunkerquemaville, on lit : « #Parisiens têtesdechien », « #respecterien #honteux », « Je mets plus les pieds sur cette terrasse », « Maquereau chéri ? Maquereau pourri, oui ! », « Sa terrasse, c'est toujours le bordel ». Il y a même une photo d'une bouteille de P'tit Quinquin dans le bassin de la marine, au milieu des méduses.

– « Merci pour la limonade bio, signé les méduses »… lit Allison.

J'éteins mon écran.

– Si tu me gardes, je te fais un article dans *La Voix du Nord*. Pour démentir.

– C'est pas con, approuve Romain.

– Je peux aussi te faire un compte Instagram, Facebook…

Elle me regarde.

– Je t'aide à ranger, je dis. Je te fais les livraisons. Et pendant les temps morts, je m'occupe des réseaux. En plus, ça m'entraîne pour mon école de pub, l'année prochaine.

– Tu vas faire de la pub, toi ? s'étonne Romain.

Je hausse les épaules.

– Et alors ?

– Rien, c'est pas ça que j'imaginais.

– Et bah c'est ça que je vais faire.

– Tes parents sont d'accord pour que t'aies un job, l'année du bac ?

– Ils s'en foutent. J'ai des super notes.

Je tente :

– Ils ne peuvent pas m'aider financièrement. Ils comprennent que je me bouge.

J'hésite et j'ajoute :

– Pour avoir les mêmes chances que les autres.

Allison grogne.

– Arrête ton numéro...

Romain éclate de rire.

– Si tu crois que ça va marcher sur elle, tu te mets le coude dans l'œil.

– Le *doigt*, corrige Allison. Le doigt dans l'œil. Vous pensez vraiment que ça peut aider ? Un article dans le journal ?

– Oui, je dis.

– T'as pas trop le choix, soutient Romain.

– OK, fait Allison. Je te prends en extra.

– Ça veut dire quoi ?

– Je t'appelle quand j'ai besoin de toi.
– Mais…
– Non négociable. 10 euros de l'heure.
– 12 euros, je négocie.
Elle me tend un tablier.
– 11,50.
– Banco !

KING FRANKIE

Gabrielle a coincé un drap sous mon matelas, pour faire une cabane. Sa tablette éclaire le tissu. Je soulève le rideau. Allongée sur le ventre, elle regarde *Le Meilleur Forgeron*. Quatre types en tablier de cuir se tiennent debout derrière d'énormes enclumes. Sans quitter l'écran des yeux, elle dit :

– Maman est d'accord pour la tablette.

– Je sais, t'inquiète.

Un sachet de pains au lait traîne sur le matelas, l'oreiller est couvert de miettes. Je pousse ma sœur, me blottis contre elle. Ses boucles sentent le répulsif anti-poux à la lavande. Je cherche sa main, elle la serre. Je me sens bien, dans sa cabane.

À l'écran, gros plan sur un homme à l'épaisse barbe grise.

– C'est Doug Marcaida, murmure Gabrielle. Expert en armes blanches.

C'est la petite fille la plus bizarre que je connaisse, et je suis contente que ce soit ma sœur.

Mon téléphone vibre.

Salut, c'est Frankie ! C'est à quelle heure
la rentrée demain ?

Véda
9 h ! T'as pris quoi, toi, comme spés ?

Frankie
HGGSP[6] et littérature, langues
et cultures de l'Antiquité

Véda
Moi aussi j'ai LLCA !
On aura un cours en commun

Frankie
Trop bien

Merci pour l'autre jour, la visite et tout.
Ta petite sœur est trop mignonne

Véda
Tu fais quoi, là ?

Frankie
J'essaie un nouveau maquillage, pour mon drag.

---

6. Histoire, Géographie, Géopolitique, Sciences politiques.

Mon drag-king

Véda
C'est quoi en fait ? Le drag-king ?

Elle m'envoie une photo. Sur une scène, des spots roses éclairent Frankie. Torse nu, en short de boxe, deux larges bandes beiges à la place des seins, jambes poilues, aisselles peintes en bleu, moustache. Je passe l'index sur sa poitrine aplatie. C'est trop beau. J'ai jamais vu ça. J'aimerais bien faire ça.

Véda
Comment tu fais la moustache ?

Frankie
Je passe du mascara sur le duvet
autour de ma bouche

Gabrielle pousse mon téléphone.
– Tu me gâches ma série !

DU MASCARA SUR LE MENTON

Dans la salle de bains, mascara à la main, je me penche sur mon reflet. Parfois, devant le miroir, je tire mes cheveux en arrière, et je me dis que j'aurais très bien pu être un mec. Un beau mec avec un visage féminin.

Je passe la brosse du mascara sur le duvet autour de ma bouche, les contours de ma mâchoire. Une moustache apparaît, une barbe. J'attache mes cheveux, roule la manche de mon tee-shirt sur mon épaule.

– Doug Marcaida. Expert en armes blanches.

J'éclate de rire.

J'ouvre la porte sous l'évier, fouille dans le gros panier bordélique qui nous sert de pharmacie. Cherche une bande de pansement. J'en trouve pas. J'aplatis mes seins avec mes mains, les tire sur le côté.

Véda à Thelma

Je t'envoie un selfie tu montres à personne ok ?

Thelma
Envoie

Hahahahahaha ! On te reconnaît pas du tout !
Comment t'as fait ça ?

Véda
Mascara !

Thelma
J'adore ! T'es ouf

Je retourne dans la chambre. Les pouces dans les poches, j'écarte les jambes comme un cow-boy, avance vers Gabrielle, soulève le drap, m'accroupis à sa hauteur, prends une voix grave.

– Salut, c'est moi, Doug.

– Arrête, elle dit, les yeux rivés sur l'écran.

– Toute la journée, je travaille sur les ordinateurs. Alors, quand je rentre chez moi, ça fait du bien, de taper sur un bout d'métal.

Elle ne me regarde pas, me chasse d'un mouvement de main impatient.

– A-rrêêê-te !

– Il faut que mon couteau soit dans les normes.

Elle gémit.

– Tais-toooooiiiii !!!

– Il y a des armes qui vous transforment à la seconde où vous les saisissez. Et ensuite, vous réalisez que VOUS êtes l'arme.

Elle tourne la tête vers moi.

– C'est pas ça du tout...

Ses yeux s'arrondissent de frayeur.

– T'es un homme ?

Elle attrape mes épaules, les secoue.

– Ma sœur est un homme ?

Je ris tellement que je ne sais plus parler.

Elle bondit du lit, ouvre la porte de la chambre.

– Maman !

Le rire secoue mes côtes, avale tout mon air.

– Je suis morte, Gab, tu verrais ta tête !

Je frotte ma fausse moustache avec le dos de ma manche.

– C'est du maquillage ! je lui montre.

Maman apparaît dans l'encadrement de la porte.

– Qu'est-ce que vous foutez ?

Elle me regarde, décontenancée.

– Enlève ça, tu vas avoir des boutons.

Elle se tourne vers Gabrielle.

– Et toi, j'avais dit UN épisode.

Maman confisque la tablette.

– C'est pas juste ! chouine ma sœur.

Elle claque la porte de notre chambre.

Ma sœur pleure, rouge écarlate.

– À cause de toi, j'ai plus ma série !

Ma mère crie d'en bas :

– SILENCE !

Gabrielle chouine. Enfonce son pouce dans sa bouche.

– Méchante.

– Allez boubou, on va regarder un épisode sur mon portable, OK ?

Son soupir chuinte contre son pouce. Elle renifle.

Je m'allonge à côté d'elle. Je lance un épisode du *Meilleur Forgeron* sur YouTube. Ma sœur se blottit contre moi. Ses pieds frottent contre les poils de mes mollets, courts et hérissés. À peine je les rase, ils repoussent. Gabrielle aime quand ça râpe la peau. Elle enfonce l'index dans le moelleux de ma joue, murmure :

– Ça faisait longtemps que t'avais pas rigolé.

GOLDEN WU

Tous les ans, le matin de la rentrée, je fais une liste de tout ce que je veux devenir.

Cette année, j'ai décidé d'être :

- Mince, belle et stylée comme Angèle.
- Déterminée comme Ellen MacArthur.
- Calme comme maître Yoda.

Cette nuit, j'ai rêvé de Suzie. Je la croisais sur la digue. On se prenait dans les bras. Quand je me suis réveillée, j'ai réalisé qu'elle était toujours morte, la tristesse m'a écrasé la poitrine. Et là, devant la voiture de mon père, prête à partir au lycée, j'ai encore mal.

Papa replie le siège passager de sa camionnette pour faire entrer une planche et des tréteaux. Le lycée est sur la route de son atelier, en centre-ville.

Dans le coffre, accroupie au milieu des rouleaux de laine de verre, à côté de la caisse à outils, je repasse les traces d'usure du vieux sac à dos Eastpak de Ben au marqueur noir.

On écoute le *Requiem* de Mozart. Papa chante. Il prend sa voix de ténor : « Kyrie-E-E ». Sous ses doigts crisse le paquet de pastilles Vichy.

– T'en veux une ?

– Non merci.

On passe devant la boulangerie.

– Tu veux un pain au chocolat ?

Ce que je veux, ce n'est ni un pain au chocolat, ni un bonbon Vichy. Ce que je veux, c'est qu'on continue à rouler, qu'on ne s'arrête pas. Qu'on roule jusqu'à la mer.

À l'approche du lycée, mon cœur bat trop fort, la pieuvre est revenue dans ma poitrine, elle déploie ses tentacules et les enroule autour de mes poumons.

Suzie s'est suicidée au mois de mai. Le lendemain de sa mort, au lycée, les élèves parlaient et riaient dans la cour. Et ça, je ne pouvais pas le supporter. Tout continuait. Le CPE, mon père, les profs, tout le monde disait « la vie continue ». Moi, je ne voulais pas continuer. Je voulais faire pause. Que tous, on s'arrête. Qu'on s'assoit dans la cour et qu'on se taise. La vie, elle n'est pas toujours obligée de continuer.

Je regarde mon portable pour stopper mes pensées.

Maman

Bonne rentrée bibiche, à ce soir !

Mon père se gare devant la grille du lycée.

– Ça va aller ma chérie ?

J'ai peur. Je suffoque.

Je force sur ma voix :

– Nouvelle année, nouveau départ !

Je serre la figurine Golden Wu dans mon poing. Son chapeau pointu s'enfonce dans ma peau, j'en imprime la pointe au creux de ma main.

Papa ouvre le coffre de la camionnette. Je me contorsionne pour sortir.

– Véda !

Sur le trottoir, je vois Frankie.

Pour la rentrée, elle a teint ses cheveux en bleu ciel. Combien de fois elle va changer comme ça ?

Elle est belle, encore plus belle qu'à la gare. À ses doigts brillent plusieurs grosses bagues en argent. Sa croûte sur le nez est toujours là. Elle a dû la gratter.

Elle me serre dans les bras, dit :

– Je suis contente que tu sois là.

Elle mâche encore un chewing-gum cassis-menthe. Je le sens dans son souffle.

La pieuvre relâche ses tentacules, elle rétrécit, disparaît. Je respire.

– Moi aussi.

TOUCHE-MOI ET JE TE PLANTE

C'est le premier cours de l'année, Frankie s'est assise à côté de moi. Sa trousse est couverte de mots au marqueur et au Tipp-Ex : « *LOVE YOU* », « *Ich lieb' dich, Digga* ». Elle tourne entre ses doigts ma gomme neuve, bleu pâle, rectangulaire, lisse, parfaite.

– J'aimerais que tout soit comme ça, dans ma vie : carré, dit Frankie. C'est quoi, « Marbrerie Vanhove » ?

C'est ce qui est écrit sur ma gomme.

– Un fournisseur de mon père. Il est ouvrier.

– J'aime bien quand tout est neuf, elle continue, les cahiers propres, l'agenda vide.

– Pareil. Tous les ans, je me dis que je vais tout bien organiser. Et au bout de trois semaines, c'est déjà le bordel. Mais chaque année, j'y crois.

Elle tourne son visage vers moi, me regarde une fraction de seconde. Un coin de sa lèvre s'étire, elle me fait un clin d'œil.

C'est comme si ses cils caressaient les miens. J'ai jamais vu un visage aussi parfait.

– Je te la donne. Ma gomme. Cadeau de bienvenue.

Elle ne dit pas « non, ça va, merci ». Elle enferme ma gomme dans son poing, l'air radieux, comme si elle tenait un rubis.

Devant nous, Jasmine sort de son sac à dos un flacon de parfum Dior, parfume ses aisselles. *Pschitt pschiit*. Je l'ai prise dans mes bras en entrant dans la salle, mais son dos est resté raide. « Ça va ? » je lui ai demandé. Elle m'a souri, m'a serrée plus fort. Mais des larmes brillaient au fond de ses yeux. On s'est à peine parlé depuis son retour de vacances. Je crois qu'elle est triste à cause de Suzie. Je ne sais pas pourquoi, ça m'énerve. Je crois qu'au fond je voudrais être la seule à avoir le droit d'être triste. La meilleure amie de Suzie, c'était moi.

– C'est comment, chez ta tante ? je demande à Frankie.

Elle gratte l'égratignure sur son nez, enlève la petite croûte qui se coince sous son ongle. Si c'était fait par quelqu'un d'autre, ça me dégoûterait.

– La chambre est cool, elle est sous les combles. Elle m'a installé un petit chauffage, m'a donné une bouillotte, elle a rempli les placards de gâteaux, de bonbons. Elle est gentille. Mais on parle pas. Elle est un peu triste, comme femme. Comme si elle avait accumulé les chagrins, tu vois ?

– Tu la connaissais avant ?

– Je l'avais vue une fois, à l'enterrement de son mari.

– Il est mort comment ?

– D'un coup, un arrêt cardiaque. T'imagines ? Comment tu te remets de ça ? Perdre l'amour de ta vie.

Je ne sais pas quoi dire.

– J'espère que ça m'arrivera jamais, elle soupire.

J'ai envie de lui parler de Suzie, j'ai envie qu'elle sache.

– Et puis son bar, ça marche plus du tout.

– Je sais, elle fait la guerre au food-truck.

– Mais c'est pas le food-truck, le problème, c'est son bar. Y a rien. C'est tout triste. À part trois vieux pêcheurs, elle a pas de clients.

– Salut les stars !

Sacha arrive en classe. Il porte son sweat « Club de voile de Dunkerque ». Je me lève pour lui faire la bise. Il a redoublé sa terminale. C'est le seul pote de Léo à être encore au lycée.

Il me serre contre lui.

– Ça va, meuf ?

Il s'assied derrière nous, touche l'épaule de Frankie du bout du doigt.

– T'es nouvelle ?

– Me touche pas s'il te plaît. J'aime pas.

Il s'avachit sur sa chaise comme dans un transat.

– OK.

Il va recommencer, c'est sûr. Sacha n'a pas l'habitude que qui que ce soit lui interdise quoi que ce soit.

– Bonjour à tous !

La prof entre dans la salle. Mme Letibi. Boucles courtes et noires, rouge à lèvres rouge, un tas de photocopies sous le bras. Elle est presque aussi jeune que nous. Je l'ai eue tous les ans depuis la seconde et je l'adore. L'année dernière, parfois, j'imaginais que je fuguais et que j'allais chez elle en pleine nuit. Elle me faisait un chocolat chaud et elle m'installait un petit lit sur son canapé. Cette scène, je l'ai imaginée tellement de fois que je me suis demandé si elle n'avait pas vraiment eu lieu. C'est devenu un souvenir.

– Bienvenue en terminale ! Je suis contente de retrouver des têtes connues.

Elle m'adresse un sourire appuyé. Je m'aplatis sur ma chaise. Je l'aime. Je l'adore.

– T'ARRÊTE ! crie soudain Frankie.

Elle se retourne, brandit son stylo comme un poignard au-dessus de Sacha.

– Que se passe-t-il ? demande la prof.

– Touche-moi encore une fois et je te plante.

– Mmmmh, rit Sacha avec un regard vers la classe. Une fille sauvage ! J'adore.

– Arrête Sacha, je dis. T'es con ou quoi ?

Mme Letibi donne un petit coup sur notre table.

– Vous vous calmez tous les trois, ou je vous sors.

– Il me touche encore une fois, prévient de nouveau Frankie, et je le plante.

La prof pose les mains à plat sur notre table, son visage fait face à celui de Frankie.

– Personne ne plante personne.

– S'il me touche, je le plante.

Mme Letibi fronce un sourcil inquiet, elle a l'air de penser que Frankie est un peu cinglée.

Elle se redresse, se tourne vers le reste de la classe, commence son speech :

– Je suis votre prof de littérature, langues et cultures de l'Antiquité. Cette année, nous les profs, on est aussi là pour vous guider dans les méandres de Parcoursup. Qui sait déjà ce qu'il veut faire après le bac ?

Jasmine soupire.

– C'est stressant...

– Vous avez bien des envies ? Des rêves ? Allez, allez ! Parole magique ! Parlez, projetez-vous !

La porte s'ouvre à la volée. Des rires éclatent dans la salle. La prof dit, d'une voix lasse et attendrie :

– Bonjour, Malik.

Malik, c'est le mec bizarre du lycée. Grand, longs cheveux, longs gants résilles sur ses longs bras, longs traits d'eye-liner jusqu'aux tempes, gestes de fille. J'avoue, moi aussi, ça m'est arrivé de me moquer de lui.

– T'étais où, Malik ? lance Sacha. Au parc Marine ?

– Encore une remarque comme ça, avertit Mme Letibi, et tu sors.

– C'est quoi, le parc Marine ? murmure Frankie.

– C'est dans le centre, ricane Sacha, il paraît que c'est là que se donnent rendez-vous tous les pédés.

Frankie se retourne.

– T'es toujours aussi subtil, ou c'est juste pour fêter la rentrée ?

– Et toi, t'as toujours un look de gouine ? Où c'est juste pour fêter la rentrée ?

– Je SUIS gouine, dit Frankie.

Un murmure parcourt la classe. Gouine, gouine, gouine. Ce mot résonne à l'infini, rebondit sur les parois de ma boîte crânienne.

Malik s'assied au fond de la classe.

– Malik, reprend la prof. On parlait projets d'avenir. Tu as une idée ?

– *Flight attendant*, il dit avec un parfait accent britannique.

– C'est quoi, ça ? demande la prof.

– Steward. Hôtesse de l'air, si vous préférez.

– Non mais madame, geint Sacha, il fait exprès !

La prof l'ignore, fait un clin d'œil à Malik.

– C'est super. On va rester en contact, tu m'offriras des billets d'avion gratuits !

– Avec plaisir !

– Je l'adore, me souffle Frankie.

Moi aussi, je le trouve super Malik. J'ai envie d'être son amie depuis la seconde, mais tous les autres le trouvent trop... Trop tout.

– Frankie, dit la prof, un projet de vie ?

– Je veux faire de la danse. Une école à Berlin, c'est de là que je viens. J'y retournerai.

Pendant tout le reste du cours, j'ai du mal à me concentrer. La prof distribue des feuilles administratives que je range machinalement dans mon trieur. Je ne sais pas pourquoi, mais mon cœur bat à cent à l'heure. Mes tympans bourdonnent, comme si quelqu'un secouait mon cerveau. Je suis épuisée.

Plus tard, je comprendrai ce qui m'a fait cet effet.

Le mot « gouine ». Et aussi, l'annonce de Frankie : elle n'est pas là pour rester.

Fin du cours, la sonnerie retentit.

– PUTAIN !

Sacha se tient le bras. Du sang coule sous ses doigts. Frankie, livide, tient son stylo-plume dans son poing serré.

– Elle est folle ! s'écrie Jasmine.

Mme Letibi, sous le choc, regarde le bras de Sacha, le stylo-plume, le bras de Sacha.

Il gémit, la main plaquée sur sa blessure.

– Elle m'a planté ! Cette grosse pute de gouine !

– Il m'a touchée. Je l'avais prévenu, réplique Frankie.

– Dans le bureau du directeur, ordonne la prof. Tout de suite. Véda, tu l'accompagnes.

100 % DÉVELOPPEMENT PERSONNEL

Dans le couloir, Frankie est toute blanche. Même ses lèvres sont blanches.

– J'espère qu'il va choper le tétanos, elle crache.

Elle se tourne vers moi :

– C'est ton pote ?

– Il est pas toujours comme ça.

Je réalise que j'ai dit la même chose au sujet de Léo il y a quelques jours. Et qu'ils sont quand même très souvent « comme ça ».

Le CPE de notre lycée est 100 % développement personnel. Sur son bureau, tout une pile de livres comme *FOCUS*, *Les Quatre Accords toltèques*, *Le Pouvoir du moment présent*, *Votre idée va devenir une réalité*, *Trop intelligent pour être heureux ?*

Il a même un aloe vera.

Frankie s'est assise bien droite, les jambes écartées. Un de ses pieds bat vite sur le sol, ses narines écarquillées ont l'air prêtes à fumer.

– Vous avez signé un contrat de comportement, mademoiselle. Après ce qu'il s'est passé dans votre ancien lycée…

– Il l'a touchée sans son autorisation, je coupe. Elle lui a dit plusieurs fois d'arrêter. Depuis le début du cours, Sacha était odieux avec tout le monde. Il s'est moqué de Malik, a traité Frankie de… un truc homophobe.

– Grosse pute de gouine ! dit Frankie.

– Écoutez mademoiselle…

– Arrêtez de m'appeler comme ça.

– Et comment je dois vous appeler ?

Elle grignote l'ongle de son pouce.

– Frankie. Par mon prénom.

– Est-ce que vous souhaitez que je vous relise le contenu de votre contrat de comportement ?

– Non, ça ira.

Mais il sort quand même une feuille de sa pochette. C'est toujours comme ça, avec les adultes. Ils font comme s'ils nous laissaient le choix pour se donner bonne conscience, pour ne pas trop donner l'impression de nous arnaquer.

Il lit :

– « Moi, Frankie, je m'engage à ne pas reproduire mes erreurs passées. Je ne me rendrai coupable d'aucune violence envers mes camarades et me montrerai bienveillante en toutes circonstances. »

– Amen, murmure Frankie.

Je retiens un rire qui gonfle mes joues. Cette fille, on dirait que rien ne l'effraie, que rien ne l'impressionne.

Le CPE nous sort une longue tirade : la violence ne résout rien. Il comprend que ce soit parfois difficile de se contrôler, surtout à l'adolescence, cette période si trouble, pleine d'hormones et d'émotions.

Ça me dégoûte qu'il parle d'hormones, j'ai l'impression qu'il essaie de fouiller en nous.

Tout à coup, il s'avance au-dessus la table et dit, sur un ton de confidence :

– Je fais moi-même des crises de boulimie, je sais ce que c'est que d'avoir du mal à se contrôler.

Le CPE nous montre comment il calme ses crises de boulimie avec un exercice de respiration. Ça me rend triste de l'imaginer tout seul, en train de se goinfrer.

– Vous savez qu'il y a la soirée des talents, dans quelques semaines ? il poursuit. Si j'en crois votre dossier, transmis par votre ancien lycée, vous êtes une excellente danseuse. Pourquoi ne pas nous offrir une petite performance ? Ce serait bien pour rencontrer les autres talents du lycée, vous faire de nouveaux amis. Vous intégrer !

Le pied de Frankie s'immobilise. Elle se penche sur le bureau. Sa voix s'adoucit :

– Qu'est-ce qui vous ferait plaisir, monsieur ? Vous avez une chanson de prédilection ? N'importe quoi, je peux TOUT danser.

Je la regarde. Qu'est-ce qui lui prend tout à coup ?

– J'aime beaucoup Jacques Brel, mais ce n'est pas… dit le CPE.

– Quelle chanson ? Allez monsieur, pour vous remercier de ne pas me sanctionner.

– *Le Plat Pays*, je l'aime beaucoup. Elle parle du Nord, mais c'est un peu lent.

Frankie sourit.

– C'est pas grave, je peux danser sur tout !

– Véda, vous préviendrez votre demi-frère ? Pour qu'il l'ajoute à sa présentation.

Pour animer la soirée « Talents d'Automne », le directeur fait revenir les anciens élèves qui se sont investis dans la vie de l'établissement. Ben a dirigé le BDE.

Quand on sort du bureau, je demande à Frankie :

– T'as fait quoi de grave, dans ton ancien lycée ?

– Je me suis battue, un peu comme avec Sacha. Le même genre de connard.

– C'est à cause de ça, ton égratignure sur le nez ?

Elle fait non de la tête.

– C'est rien. J'ai ça depuis que je suis toute petite. Je gratte tout le temps, je sais pas pourquoi.

– T'es sûre, pour la chanson de la soirée des talents ? Tu peux danser sur ce que tu veux, en vrai. Jacques Brel, c'est un peu mou, non ?

Elle me fait un clin d'œil.

– Tu vas voir. Il veut du spectacle ? Il va être servi.

L'AUTOMNE

TÉLÉPHONE DE VÉDA

Frankie
Tu peux piquer un casque de chantier
à ton père ? Et un bleu de travail ?
C'est pour ma chanson à la soirée des talents

Véda
Je t'apporte ça demain au lycée

Frankie
Merci xxxxxxXx

***

Léo
Hey V, je suis dans le bus. Tu fais quoi ce soir ?

Véda
Je vais à la soirée des talents au lycée

Léo
Ahah génial, on va encore bien se marrer.
Tu me prends une place ?

Véda
Ok, mais fais pas n'importe quoi stp,
c'est important pour mon frère

Léo
Pour qui tu me prends ?

NOS ÉLÈVES ONT DU TALENT !

Mon frère s'est donné à fond pour cette banderole. Il a peint les lettres à la bombe verte, les a ornées de branches d'arbres. Le T a des racines. Si on s'approche, on voit même des petites fourmis qui grimpent sur le O.

Ben porte une cravate à motifs châtaignes.

– Je sens pas trop le maquereau ? je demande en arrivant.

Ben renifle mes cheveux.

– *All good*[7], sœurette.

Je viens de passer deux heures à préparer des filets au food-truck. J'ai gagné 23 euros.

La salle est déjà pleine. Les tables ont été poussées au fond de la cafèt, les chaises alignées en rangs devant une estrade. Il y a un stand de barbe à papa, des ballons argentés, une boule à facettes. Des guirlandes de feuilles automnales sont suspendues au faux plafond. Ben me montre Léo, Sacha et Thelma assis sur une table. Je ne vois pas Jasmine.

7. « Nickel. »

– Fais en sorte qu'ils ne cassent pas l'ambiance, dit Ben.

Léo et Ben étaient dans la même année mais ils ne se parlaient jamais. Ben le trouve superficiel et con. À la dernière soirée des talents, Léo et ses potes avaient passé la soirée à se moquer des gens sur la scène.

– Promis.

Au premier rang, j'aperçois Frankie, en pleine conversation avec Malik. Ils ne se quittent plus depuis le jour de la rentrée. Elle me fait signe de les rejoindre. Je lui montre Léo et Thelma. Elle hausse les épaules, sourit en coin, déçue.

Mon cours préféré, c'est devenu littérature, langues et cultures de l'Antiquité. Pour la mythologie, et pour Frankie. Un jour, Mme Letibi nous a lu un extrait de l'*Odyssée* : « Lorsque parut la fille du matin, l'aube aux doigts roses... » Mon genou s'est collé à celui de Frankie. Un courant, comme un petit poisson électrique, a filé sous mon jean. Je me suis figée. Frankie a appuyé son genou contre le mien et on est restées immobiles, comme ça, pendant tout le cours.

Et puis il y a autre chose. Léo me manque moins qu'avant.

Je pense à Frankie tout le temps.

C'est un problème.

Ce soir, Léo porte un bonnet sur ses cheveux longs. Il me prend par la taille et m'embrasse. J'aime qu'il m'embrasse devant les autres élèves, devant les profs. Il écarte sa bouche de la mienne.

– T'as un chewing-gum ?

– Cassis-menthe.

J'ai demandé à mon père de m'en acheter. Il en a pris dix paquets. Il fait toujours ça. C'est comme pour le muesli du petit déjeuner. Il m'emmène dans le rayon des céréales et il dit : « Prends ce qu'il y a de meilleur. »

Léo m'embrasse encore.

– Mmmh, j'aime bien ce goût.

Je souris sous sa bouche.

Il sort sa flasque de sa poche et me la tend.

Je fais non de la tête. J'aimerais bien qu'il la range, qu'il ne boive pas ici. On pourrait se faire virer.

Ben entre en scène.

J'ai envie de mettre les mains en cornet, de hurler « wouhouuuu ! ». Mais je ne le fais pas. Thelma me passe sa barbe à papa. J'en arrache un morceau, le nuage fond sous mon palais.

– Mesdames, mesdemoiselles, messieurs, bienvenue à la douzième soirée Talents d'Automne du lycée Notre-Dame-des-Flots.

– Il est tellement beau, souffle Thelma, les yeux sur Ben.

– Arrête.

– Si j'habitais sous le même toit que lui, je le rejoindrais la nuit.

– C'est mon frère !

– C'est pas *vraiment* ton frère.

Je déteste qu'elle dise ça.

Léo ouvre sa flasque, le sucre crisse sous le bouchon.

Deux filles tout en noir, piques et chaînes montent sur scène, guitare sur l'épaule.

– On est les Misanthropes de l'Apocalypse.

Elles font le signe des rockeurs, poing fermé, index et auriculaire levés comme des cornes.

– Gênant, dit Léo.

– Elles sont bonnes, dit Sacha.

Thelma lui donne un coup sur l'épaule.

– Elles ont quatorze ans !

Le micro crachote :

– Le morceau qu'on va jouer, c'est une compo. Y a pas de paroles. Ça s'appelle *Cupidon, enfoiré*.

Un riff de guitare métal retentit.

Je sors mon portable. J'envoie :

Bonne chance pour ton numéro ! Trop hâte de voir

Frankie
Merci !

Les lumières deviennent roses. Un garçon, tout petit, cheveux longs, monte sur scène, il porte des ailes d'ange et un arc. Il se roule en boule sur le sol, et les rockeuses le bourrent de coups de pied.

Explosion d'applaudissements.

Thelma me montre sur son téléphone un rocking-chair en osier.

– C'est combien ? je demande.

– 30 euros sur Vinted.

Elle fait des listes et des tableaux Pinterest d'objets qu'on va s'acheter pour notre appart. Le même cadre que dans *Friends*, une platine vinyle, un canapé à 500 euros, une pendule en forme de chat, avec la queue qui balance au rythme des secondes. Je n'ai pas d'argent pour tout ça – je n'ai pas d'argent du tout. Depuis la rentrée, il y a moins de clients au food-truck. La plupart du temps, on ferme à 22 heures. En un mois, j'ai gagné à peine 400 euros.

– Et voici à présent, débarqué tout droit de Berlin, l'immense, le grandiose, le magnifique... King Frankie Lécume !

Tout mon corps se tend.

Sur la scène plongée dans l'obscurité, un spot éclaire une chaise. Frankie est là, en bleu de travail, son grand corps plié sur le siège, le visage dans les mains, un casque de chantier sur le crâne.

La salle retient son souffle.

J'arrache la flasque des mains de Léo, avale trois gorgées.

Frankie lève la tête. Regarde le public.

Elle a dessiné une moustache au-dessus de sa lèvre. Du fond de teint ombrage ses mâchoires, de la suie tache ses bras.

– C'est la pute qui m'a planté, dit Sacha.

– Lâche-la, murmure Thelma. C'était y a mille ans. T'as même pas de cicatrice.

La voix de Jacques Brel, grave, puissante, remplit la pièce :

« Avec la mer du Nord pour dernier terrain vague... »

Frankie relève la tête, bouge les lèvres comme si la chanson sortait de sa bouche.

Ses mains tremblent sous les projecteurs.

Elle se lève, elle a l'air immense.

Elle pose la main sur ses lèvres, nous envoie un baiser.

Frankie dézippe le haut du bleu de travail, révèle un gilet jaune qu'elle porte sur son torse nu.

– WOUHOU ! crie quelqu'un.

Elle ôte la combinaison, jambe par jambe, manque de trébucher sur un pied, esquisse un sourire.

Sous le spot brillent les longs poils noirs de ses jambes.

– Dégueulasse, grince Léo.

Moi, je trouve ça beau.

Elle est en caleçon d'homme sur la scène.

– Je rêve où elle a même fait le paquet ? rit Thelma.

Tout le corps de Frankie tremble. Est-ce que les autres remarquent ça ? Remarquent qu'elle a peur ?

« Avec un ciel si gris qu'un canal s'est pendu[8]*... »*

---

8. Jacques Brel (1962). « Le Plat Pays ». Dans *Les Bourgeois*. Barclay.

J'ai envie de pleurer. Je sais pas si c'est cette chanson qui m'a toujours fait pleurer, ou juste Frankie, son courage, ses doigts qui tremblent.

– C'est ouf… on dirait vraiment un mec, souffle Thelma.

– C'est un talent, ça ? lâche une fille devant nous.

Frankie attrape les pans du gilet jaune et l'ouvre en grand. À la place de ses seins, de larges bandes de sparadrap couleur chair.

– Je vais gerber, dit Sacha.

– Vous êtes coincés, dit Thelma.

Une voix éraillée crie :

– OUAIS FRANKIE !

C'est Malik.

– Mate le CPE, souffle Thelma.

Sur le côté, le CPE, la bouche pleine de pop-corn, s'aplatit contre le mur. Il se gratte la gorge. On dirait qu'il veut y creuser un trou.

Frankie attrape la chaise sur laquelle elle était assise. Pose les mains sur le dossier, se cambre, son torse bandé ressort dans la lumière.

– C'est chaud… murmure Thelma.

Je retiens un « j'adore ! ». Je ne vois plus que Frankie, je voudrais que ce moment dure encore. J'ai peur que quelqu'un l'interrompe, l'insulte. Je la regarde bouger, trembler, et je ne sais pas pourquoi, ça me donne envie de pleurer.

Quelqu'un qui ose être à sa place, y a rien de plus beau.

Un beignet traverse la salle, atterrit sur le ventre de Frankie. Léo étouffe un rire, cache ses mains derrière son dos.

– Mais t'es con ! je dis.

– Pourquoi t'as fait ça ? s'énerve Thelma.

Sur la scène, Frankie continue à danser, le visage fermé.

Un autre beignet atterrit devant elle. Sacha glousse.

– Qu'est-ce qui vous prend ? je m'énerve.

CLAC ! Les néons de la cafétéria s'allument. Le directeur monte sur la scène et annonce :

– Petite pause.

Léo essaie de me prendre par l'épaule, je me dégage.

– Vas-y, on s'en tape de cette fille.

Il caresse ma joue du bout de l'index.

– Allez… je suis désolé.

Si je fais la gueule trop longtemps, ça va se retourner contre moi. Il faut que je dise quelque chose. Que je lui rende sa caresse. Mais je n'y arrive pas. Je sais que si je ne réagis pas tout de suite, je vais ramer pour le récupérer. Il en profitera, il va falloir que je rampe à ses pieds pour qu'il soit sympa avec moi.

Il retire son bras.

– Bon, fais la gueule. Je m'en fous.

Et il se lève.

– Je me casse de cette soirée merdique.

– Attends, je dis.

Il me fusille du regard. Se détourne, s'éloigne. Sacha le suit. Ils disparaissent. Il a gagné la bataille. C'est moi qui culpabilise, maintenant.

Thelma pose ses mains sur mes épaules.

– Laisse tomber, Véda. Il est trop con.

Pour le reste de la soirée, je tombe dans un gouffre d'angoisse.

UNE BONNE FILLE

– Alors les loulous, c'était comment ? demande mon père, les mains sur le volant.

Ben est assis à côté de lui. Je suis à l'arrière.

Silence de mort dans la camionnette.

– Bonne ambiance... dit papa.

– Demande à ta fille, répond Ben.

– J'ai rien fait de mal, je réplique.

– T'as rien fait de bien non plus avec tes débiles de potes.

– Arrête d'insulter mes AMIS !

– Doucement... fait mon père.

Ben marmonne à voix basse. J'entends juste :

– ... un autre drame.

– Qu'est-ce que t'as dit ?

– Tu sais très bien ce que j'ai dit.

– Bah vas-y, répète, assume. Un autre DRAME ! Pas étonnant que Suzie soit morte, c'est ça ? Avec des amis pareils ?

– Vous arrêtez maintenant ! se fâche mon père.

– Il dit que Suzie est morte à cause de moi, et je dois me taire ?

– J'ai jamais dit ça, s'emporte Ben. Ça me fait juste vraiment flipper de te voir sortir avec un type aussi nul. Et quand je te vois péter un câble comme ça, à le défendre…

J'entends plus que de très loin. Comme si j'étais entrée dans une boule Quies géante. Un mélange acide de rage et de vodka brûle le fond de ma gorge.

– Dépose-moi chez maman, s'il te plaît.

Arrivée sur le port, devant chez ma mère, je claque la portière le plus fort possible.

Papa m'accompagne jusqu'à la porte.

– C'est pas ta faute, Véda.

C'est de Suzie, qu'il parle. Ça lui demande un effort. Il pense que ça aurait pu être moi. Ma gorge se serre. Il voudrait que je dise quelque chose qui boucle la conversation. Quelque chose de simple.

– T'y es pour rien, il insiste.

– Je sais.

Mais je n'en sais rien et lui non plus. Pour qu'il se sente mieux, j'ajoute quand même :

– T'es un bon père.

– T'es une bonne fille.

MÊME PAS EN RÊVE

J'entre chez maman. Des voix s'éteignent. Dans le nuage d'encens et d'herbe qu'ils fument, maman et ses deux meilleurs amis, Eduardo et Louisiane, écoutent une chanson de Massive Attack. Shiva, la chienne de Louisiane, une american staff, est aplatie sur ses genoux. Elle aussi, elle a l'air un peu défoncée.

– Vous parliez de quoi ?

Ils se regardent tous, gênés. La tête de maman, renversée sur le canapé, est comme remplie de pierres.

– C'est Josh ? je demande.

C'est toujours Josh. Le père de Gabrielle. Dès que quelque chose de déprimant se passe dans nos vies, c'est lui.

– Il veut que Gaby parte vivre chez lui, à Londres. Il demande la garde.

Tout s'effondre à l'intérieur de moi.

– C'est mort, je dis. Elle partira pas.

– Il va y avoir un jugement pour la garde, ajoute maman.

Sa voix déraille :

– Comment je vais faire ?

Ses yeux se remplissent de larmes. Shiva saute sur le tapis, je m'assieds à côté d'elle. La caresse entre les deux oreilles.

Il y a vraiment des jours meilleurs que d'autres.

Je tends la main pour prendre le joint des doigts de Louisiane.

– Même pas en rêve, dit ma mère.

A BLOODBATH

Le lendemain, je passe chez Thelma. Elle danse dans sa cuisine, devant l'écran de son portable. Sur une musique techno, hors d'haleine, rouge écarlate, elle fait des mouvements d'avant en arrière, rapides, avec ses fesses.

– Attends, encore trente-cinq secondes, elle souffle.

La question bondit de mes lèvres :

– T'as des nouvelles de Léo ?

Elle fait non de la tête, secoue son bassin, les yeux fixés sur son téléphone. Elle grimace de douleur.

– Ça a l'air de faire mal, ton truc !

Elle jette les bras en arrière, pousse un cri épuisé :

– Aaah !

Elle tourne le téléphone vers moi : une fille au ventre creux sourit de toutes ses dents, pouces en l'air.

– C'est une méthode chinoise pour maigrir du ventre. Cinq minutes par jour.

Elle prend le Tropicana dans son frigo.

– Viens, on va dans le salon.

– Il t'a écrit, Léo ? Il s'est excusé ? elle demande.

– Non. Rien.

Elle soupire par les narines. Secoue la tête.

– C'est vraiment un connard avec toi.

– Pas tout le temps.

– Véda. Faut que tu arrêtes avec lui.

– Pourquoi tu dis ça ?

– Il te traite mal.

– Pas seulement.

– Il t'insulte.

– Il insulte tout le monde.

– C'est mon pote, je devrais pas te dire ça, mais tu devrais le larguer.

– Thelma, il s'est passé un truc entre vous cet été ? Vous avez couché ensemble ou quoi ?

– T'es malade ? Pourquoi tu dis ça ? C'est comme mon frère !

Quelque chose fuit dans son regard. Elle me cache un truc et je le sais.

Blotties dans son canapé, on regarde les stories de la soirée Talents d'Automne. Thelma zoome sur les mollets poilus de Frankie.

– Les poils sur les jambes, c'est possible que si t'es super mince et super bonne, elle décrète.

Je fais comme si je découvrais les photos. En fait, j'ai passé toute la nuit à les regarder.

– J'aimerais bien savoir ce que ça fait d'avoir une bite, dit Thelma. Un mec qui bande, ça m'excite. Rien que d'en parler, ça m'excite. J'aimerais trop bander. Ça m'exciterait à mort. Pas toi ?

– Tu trouves pas qu'il est brutal, ce mot ?

– Quel mot ? « Bander » ?

– Aussi. Mais je pensais à « exciter ».

– Bah non. C'est un mot, quoi.

– Moi, je le trouve brutal. Ces sons « x », « k ». C'est bizarre.

– C'est toi qui es bizarre. Alors, t'aimerais pas, être un mec ? Avoir une bite ? Juste pour essayer !

Il y a des milliards d'autres raisons pour lesquelles je voudrais être un mec.

M'habiller comme je veux. Descendre une rampe de roller. Que jamais un homme plus vieux que mon père me mate en roulant des yeux et de la langue. Pas m'inquiéter d'avoir de la moustache, des poils. Parler fort. Pas avoir de règles. Pas avoir de seins.

J'entends une petite voix dire :

Devoir coucher avec un mec.

Embrasser une fille.

Embrasser Frankie.

Je fais taire cette voix, je l'enfonce au fond de mes pensées, la bâillonne, l'enferme à triple tour.

Thelma allume la télé, Netflix.

– *Friends* ?

On s'allonge sur l'énorme canapé vert olive. Je serre un coussin contre mon ventre.

Elle lance l'épisode intitulé *A Bloodbath*[9].

9. « Un bain de sang. »

Au moment où Monica manque d'assommer le bébé qu'on lui a confié pour la journée, Thelma s'endort. J'attends qu'elle ronfle et me relève doucement, millimètre par millimètre. J'attrape son téléphone, je tape son code : 2007, son année de naissance.

L'écran s'ouvre sur son appli de régime. Elle note tout ce qu'elle mange. J'ouvre Instagram. Sa conversation avec Léo.

Thelma
Si tu lui dis pas ce soir, je lui dis

Léo
Ok

Thelma
Tu lui as dit ?

Putain Léo, réponds

Réponds !

Léo
Je l'ai pas dit. Mais dis lui pas stp.
Je vais le faire

Thelma
J'arrive même plus à la regarder en face.

Je m'enfonce dans une marée noire, un océan de goudron gluant.

– Tu fais quoi ? dit Thelma.

Elle arrache le portable de mes mains.

– T'es sérieuse ?

C'est pas possible. C'est pas possible. C'est pas possible.

– T'as couché avec Léo.

Elle pâlit.

– Non.

Elle regarde son écran. Soupire.

– Ça fait des mois que je veux te le dire.

– Des mois ?

Toute l'eau de ma bouche s'évapore. J'ai plus d'air.

– C'est Jasmine. Ils étaient tous complètement bourrés, à Dakhla. Elle se souvient à peine. Léo m'a promis qu'il allait te dire. Tous les jours, je veux te le dire, Véda, je te jure. Il promet qu'il va le faire depuis des mois.

– Pourquoi tu m'as rien dit ?

– C'est mon meilleur ami ! Comme mon frère. Tu le sais, Véda, on a grandi ensemble, on allait chez la même nourrice. Je ne pouvais pas le trahir.

– Moi, par contre, tu peux me trahir ? Tu sais c'est quoi, le problème ? T'es jalouse ! T'as toujours été jalouse. Depuis la première fois que je l'ai embrassé, ça te fait chier qu'on soit ensemble ! Tu supportes pas. Tu veux le garder pour toi. TOI TOI TOI !

– T'es vraiment trop conne, parfois.

– Je reste pas une seconde de plus ici.

– C'est ça ! Casse-toi !

Thelma crie dans la rue, en chaussettes, depuis la porte de son garage :

– Et reviens jamais !

– J'en ai pas l'intention ! je hurle.

Une vieille dame se retourne vers moi. Je la fusille du regard.

Plus loin, en larmes, je compose le numéro de Ben. Il décroche à la première sonnerie.

– Je suis au cinéma, il chuchote.

– Léo m'a trompée.

Un sanglot éclate dans ma gorge.

– Avec Jasmine.

– Ta pote ? Tu le largues. Tout de suite. Tu le largues, Véda, et t'y retournes pas. Pardon ! C'est ma sœur !... Deux secondes !... Bon je peux pas trop parler. Ça va ?... Non, ça va pas. Écoute, tu t'en fous de ce connard. C'est très bien comme ça. Va faire un tour de roller.

– Je les ai vendus.

– T'as plus de rollers ?

– C'est pour payer Lille, je sanglote. Même ça, je sais plus si j'ai envie !

– Ce connard, cette petite merde, s'il était devant moi, je lui éclaterais la gueule.

Ben ne s'est jamais battu, mais ça me fait plaisir quand même.

– C'est un écroulé de la vie ! Un qui va tout merder de A jusqu'à Z avec application en recommençant chaque fois les mêmes conneries !

– Merci Ben...

– Véda, promets-moi que t'y retourneras pas.

Je renifle.

– Tu peux rentrer ce week-end ?

– Je peux pas. Écoute, tu sais quoi... Ramasse un coquillage, moi je fais pareil.

– Y a pas de coquillages à Bruxelles.

– Je prendrai une capsule de bière.

– OK.

– Et chaque fois que tu flippes, tu le serres et tu penses à moi, OK ?

– T'as vu ça dans un film ?

– Véda, tu vaux tellement, tellement plus que ce... ce con ! Et que toute cette clique. Tu sais ce que tu vas faire maintenant ? Te concentrer sur les cours. Bosser, bosser, bosser. L'année prochaine, c'est nouveau départ. OK ? Ça commence. Faut que je te laisse.

– C'est quoi le film ?

– *Barbie*.

Parfois, mon frère, c'est ma meilleure amie.

LES SIRÈNES

– « Tu rencontreras d'abord les Sirènes qui charment tous les hommes qui les approchent ; mais il est perdu celui qui, par imprudence, écoute leur chant, et jamais sa femme et ses enfants ne le reverront en sa demeure... »

Mme Letibi, ses boucles noires attachées en lourde queue-de-cheval, lit un extrait de l'*Odyssée* d'Homère.

Assise seule au fond de la classe, j'ai envie de rentrer chez moi et dormir, de penser à Suzie, parler à Suzie.

Frankie est au premier rang, assise avec Malik. On ne s'est pas parlé depuis la soirée des talents. Elle m'en veut. Me met dans le même sac que ma bande.

Je fixe Jasmine, trois rangs devant moi.

Coller mon chewing-gum dans ses cheveux, brûler son sac Zadig & Voltaire. Faire sauter un par un ses faux ongles. *Tic. Tic. Tic. Tic. Tic.*

Je lève la main.

– Oui ? dit la prof.

– Elles s'attaquaient à tous les mecs, les Sirènes ? Ou seulement à ceux qui étaient mariés ?

Elle me regarde comme si je venais d'avaler ma trousse.

– Est-ce qu'elles auraient utilisé leur chant sur les mecs de leurs copines, vous croyez ?

La nuque de Jasmine se fige.

– Est-ce qu'elles auraient séduit les mecs de leurs meilleures amies ?

– C'est quoi le problème, Véda ? demande Mme Letibi. Si tu ne te calmes pas, tu sors.

Jasmine me dévisage, terrifiée.

– Ça va ? je lui lance. Tu veux qu'on aille faire un tour ? Qu'on parle de nos expériences sexuelles communes ?

– Véda ! Arrête !

Je continue :

– J'ai une question, Jasmine.

Mon cœur bat jusque dans la pulpe de mes doigts. J'ai des fourmis partout.

– Tu crois qu'elle vous regardait, Suzie ? Tu crois qu'elle se disait quoi ? Tu crois qu'elle se dit quoi, d'où elle est ? Hein ?

Je me lève.

– Ce qui est sûr, en tout cas, c'est qu'elle, elle m'aurait jamais, jamais fait un coup pareil.

Je sors de la classe.

– Véda ! crie la prof.

Je claque la porte, dévale les escaliers.

Autour de moi, tout tourne. Je cours, direction le foyer des élèves.

Au foyer, ça sent la bombe à graffiti. Un élève est en train de peindre sur le mur des barreaux de prison tordus, ouverts sur un carré de mer. Je gratte le vernis sur la table. Sur celle-là, il y a nos initiales gravées : « TSVJ » – Thelma, Suzie, Véda, Jasmine. Je plonge la tête entre mes mains. Ferme les yeux. Mon cœur bat trop vite, mes tempes bourdonnent, mes doigts picotent. Je respire mal. J'enfonce mes ongles dans mes pouces.

Une main se pose sur mon épaule. Je me redresse. C'est Mme Letibi.

– Véda, ça va ?

– Je peux rentrer chez moi ?

– Qu'est-ce qu'il y a ?

– Je sais pas, j'ai des fourmis partout, j'arrive pas à respirer.

– Véda, ça va passer.

Elle s'accroupit devant moi, me prend les mains.

– Respire comme moi. Cinq secondes... cinq secondes... cinq secondes...

Je calque mon souffle sur le sien, inspire, bloque, souffle. Petit à petit, mes muscles se détendent. Elle lâche mes mains. J'ai envie qu'elle me prenne dans ses bras.

– Vous pensez encore à elle ? je demande. À Suzie ?

– Bien sûr, très souvent.

– Moi, j'ai l'impression que tout le monde l'a oubliée.

***

De : Jas
À : Véda
Le 13 octobre 2024
Véda, j'arrive pas à t'envoyer de message, j'imagine que tu m'as bloquée partout. Je t'écris ce mail pour te demander pardon, et te raconter la soirée de cet été. Je voulais que tout le monde oublie, moi la première. Que tu ne sois jamais au courant. C'est sûrement là ma plus grande erreur. De cette soirée, je ne me souviens presque de rien. Il faut que tu me croies, je ne me souviens que des shots que je buvais, un par un, sans m'arrêter, j'avais besoin d'oublier, je ne pensais qu'à Suzie, j'étais triste. Je sais que ces vacances avaient l'air idylliques sur les réseaux, mais c'était l'enfer, une beuverie constante. Tous les jours, je regrettais d'être partie avec les mecs de la base de voile, je m'imaginais avec toi, à Dunkerque, et surtout...

Je clique sur supprimer. Je m'en fous, de son histoire, je m'en fous de ses excuses.

LE JEU DES 1 000 EUROS

Les quinze jours qui suivent, je vais en cours comme un fantôme, passe mes heures de perm à réviser au CDI. J'évite Thelma, j'évite tout le monde. Le midi, je déjeune avec mon père dans son atelier, à dix minutes à pied du lycée.

J'aime l'atelier de mon père. L'odeur de sciure de bois, de métal, l'obscurité pleine de poussière, tous les outils alignés sur l'établi, accrochés au mur sur des clous. Quand j'étais petite, j'ai appris tous leurs noms. Je connais la différence entre une gâche, une truelle et une truelle brettée.

Le hurlement de la scie circulaire remplit la pièce. Penché sur la table de sa machine à bois, papa, casque antibruit sur les oreilles, guide une planche, les mains à plat dessus, vers la scie qui tourne, tourne, tourne à toute vitesse.

– Ça va ma grande ? il crie en me voyant franchir la porte. J'arrive !

La scie coupe la planche, hurle encore plus aigu.

Un jour, la planche a dérapé, et la scie lui a coupé la première phalange de l'index. Il dit que c'est allé vite, comme un couteau dans du beurre. Il a pris un mouchoir, y a enroulé ses trois quarts de doigt. Il a été jusqu'à l'hôpital comme ça. Les médecins n'ont pas réussi à le recoudre. Pourtant, il avait mis le bout de doigt dans un Tupperware rempli de glace.

Papa éteint la machine, ôte son casque antibruit. Il vient vers moi, un sourire aux lèvres.

– Pourquoi tu manges plus avec tes copines ?

Sans attendre ma réponse, il monte le son de la radio. D'aussi loin que je me souvienne, tous les midis, il écoute *Le Jeu des 1 000 euros*.

La voix de l'animateur remplit la pièce.

« *Chers amis, bonjour !* »

Mon père reprend en chœur avec le public :

– BONJOUR !

« Le Jeu des 1 000 euros *s'installe aujourd'hui dans la capitale du Dauphiné, une ville de cent soixante mille habitants...* »

Papa ouvre le frigo, sort une canette de Coca zéro pour moi, une bouteille de bière 3 Monts pour lui.

Pendant que l'animateur présente les deux candidats, raconte leur vie, Papa fait réchauffer une boîte de cassoulet au micro-ondes.

– Ça va, le lycée ?

J'avale une gorgée de Coca, lève un pouce. Il me fait un clin d'œil.

ANIMATEUR : *Quel clown porte un costume trop petit s'il est grand et trop grand s'il est petit...*

– Clown triste ! coupe papa.

– Un auguste, je réponds.

CANDIDAT : *Un auguste !*

– T'es forte ! s'exclame mon père.

ANIMATEUR : *Qui est l'auteur des* Voyages de Gulliver *?*

– Jonathan Swift ! je crie.

CANDIDATE : *Jonathan Swift !*

Le public applaudit.

Papa avale une fourchette de haricots blancs.

– La fille de Myriam va faire lettres à Dunkerque l'année prochaine.

– Arrête. C'est pas le moment.

ANIMATEUR : *Une question blanche. Quelle dénomination, du latin* fugere, *pour « fuir », désigne un individu qui change de classe sociale ?*

– On pourrait t'installer un petit bureau dans la chambre de Ben, dit papa. Ça te ferait un changement ! Et plus de place !

– Si tu veux.

– Vraiment ?

ANIMATEUR : *Une réponse ?*

Mon père et moi on se concerte. Aucune idée.

CANDIDAT : *Transfuge de classe !*

Le public applaudit encore.

ANIMATEUR : *Alors, mes amis, vous avez gagné 500 euros, allez-vous à présent tenter le Super Banco ?*

PUBLIC : *SUPER ! SUPER ! SUPER !*

J'ai les lèvres sur ma canette, papa tient sa fourchette en suspens.

CANDIDAT : *On s'arrête là !*

Papa frappe son verre sur l'établi.

– Quelle bande de creux !

Il ajoute :

– Moi j'irais jusqu'au Super Banco. Et j'achèterais mon vélo carbone. Et je te ferais un cadeau.

– Quoi, comme cadeau ?

– Ce que tu veux.

– Un billet d'avion pour le bout du monde.

– Tu veux voyager, maintenant ?

– Je sais plus ce que je veux. Plus du tout. Je peux encore manger avec toi demain ?

VIENS

Un samedi soir, avant d'aller au food-truck, je passe déposer mes affaires chez ma mère pour la semaine qui arrive. Elle est en train de trier des papiers pour le jugement.

– C'est fini avec Léo, je dis.

– Ah.

Elle garde les yeux rivés sur sa paperasse, remplit des petites cases au BIC noir.

– C'est quoi ? je demande.

– Des attestations des copains, du boulot, pour témoigner que je suis une bonne mère. Tu pourras en remplir une ?

– Je dois dire quoi ?

– Que je suis une bonne mère.

– Je peux le faire par ordi ?

– Non, c'est à la main.

Je prends les feuilles qu'elle me tend.

– On peut le faire, quand on est mineur ?

Elle se frappe le front.

– Ah bah non, je suis con.

– Bon, faut que je bouge.

– Tu vas où ?

– Au food-truck. Préparer les filets.

J'ai la main sur la porte de l'appartement quand elle m'appelle :

– Hé !

– Quoi ?

– Dans dix ans, Léo, il aura un bide à bière, trois gosses. Et sa planche de surf, elle décorera ses chiottes.

Dehors souffle un vent froid. La mer, noire, clapote dans le bassin du port. Allison déprime, coudes sur le comptoir.

– Tu peux rentrer, elle soupire. On ouvre pas ce soir. Il fait trop froid, personne va venir.

– Mais attends...

– On ferme, elle dit.

Elle éteint les lampes du food-truck.

– Tu veux que je te ramène en voiture ?

– Je vais marcher un peu. Ça va me faire du bien.

Je m'arrête sur le port, non loin de *L'Espadon rieur*. Je m'assieds à côté d'un lourd taquet d'amarrage rouillé planté dans le bitume. Je le soulève, le laisse retomber. Je recommence. Et encore une fois. La lune se cache, il n'y a pas d'étoiles. Les milliards de petites lumières rouges, blanches, bleues, jaunes des usines clignotent et illuminent l'horizon ; les hauts fourneaux ronflent comme des dragons endormis. Tout est calme.

Une voix éclate dans la nuit :

– Salut.

C'est Frankie. Elle est en maillot de bain, une serviette autour des hanches.

– Salut, je réponds.

Elle lâche sa serviette et elle marche jusqu'à moi.

– Tu viens te baigner ?

– Elle est glacée, t'es folle.

Ses mollets passent à hauteur de ma bouche. J'imagine mes dents s'enfoncer dans sa peau comme dans du pain.

Elle pousse un cri de guerrière, saute, une gerbe d'eau m'éclabousse. Je retiens mon souffle. Mon père et ma mère répètent tout le temps qu'il ne faut surtout pas plonger dans le port. Au fond de l'eau, il y a des débris de bateaux et de tonneaux tranchants. Je l'entends remonter ; j'inspire, soupire, les yeux fermés, soulagée.

– C'est quoi ce truc !? C'est dingue ! crie Frankie. T'as déjà vu ça, Véda ?

Elle fait de grands mouvements avec ses bras, l'eau devient phosphorescente tout autour d'elle. On croirait des éclats de lune tombés dans le port.

Je me penche au-dessus de l'eau.

– C'est du plancton, je dis.

Elle plonge sous l'eau, remonte.

– Trop beau !

Et *plouf !* elle disparaît encore. Émerge.

– Viens !

Elle fait une brasse, s'accroche aux barreaux de l'échelle en dessous de moi.

– Allez, viens.

MES VEINES CLIGNOTENT

L'échelle rouillée râpe la plante de mes pieds. J'entre dans l'eau en culotte et en tee-shirt.

– C'est glacé !

Frankie nage sur place, entourée de plancton phosphorescent.

– C'est tellement beau... elle murmure.

– C'est une réaction naturelle quand ils ont peur, j'explique. Ça arrive parfois lorsque les nuits sont très noires. Les marins croyaient que c'était annonciateur d'une guerre terrible.

Frankie s'approche de moi. C'est comme si elle ne ressentait pas le froid.

– *Plankton*, ça veut dire « errer » en grec, j'ajoute.

Plaquées contre l'échelle, mes jambes sont paralysées. Je grelotte.

– Comment tu sais tous ces trucs ? dit Frankie.

– Quand j'étais petite, je voulais devenir marin.

– Tu sais quoi d'autre ?

Mes dents claquent les unes contre les autres quand je parle.

– Certains d'entre eux pensaient que c'étaient des petits poissons bleuis par les étoiles.

Je lâche l'échelle et m'immerge entièrement dans l'eau, d'un coup, d'un seul. Je veux lui montrer de quoi je suis capable.

Des algues fines et gluantes passent entre mes orteils. Je remonte vite vers l'échelle, replie mes jambes sur les barreaux. Frankie s'accroche, elle aussi. Son pied glisse sur le mien comme un poisson.

– Quoi d'autre encore ?

– Les marées, c'est l'univers qui respire. Au large, parfois, quand personne ne regarde, la mer se calme et laisse les albatros construire leurs nids sur l'eau.

– Trop beau...

Tout à coup, le ciel devient orange, la torche d'Ascometal s'allume, sa flamme rougit le ciel et le fait pulser comme un cœur. Rouge, orange, rouge, orange. Le plancton ne scintille plus dans l'eau.

– On sort ? dit Frankie. J'ai froid.

J'enfile mon jean sur ma peau mouillée, l'eau retient le tissu, ça colle.

– Pire sensation, je râle.

Je m'assieds, elle vient à côté de moi.

Je frissonne, on se serre l'une contre l'autre. Elle me montre les usines.

– C'est beau. On dirait un parc d'attractions de science-fiction.

– Moi aussi, je trouve ça beau. Mon grand-père y bossait. Tu vois, celle qui crache une flamme ? Il travaillait là. En fait, il était marin, mais un jour, il s'est cassé le genou et il a été obligé d'aller bosser à l'usine. Puis il est mort à cause de l'amiante.

– T'as vécu beaucoup de morts.

Elle parle de Suzie ? Comment elle sait ?

– Malik m'a raconté, pour ta copine.

– Elle était nulle en maths.

Je sais pas pourquoi je dis ça tout à coup. Mais Frankie se tait, alors je continue :

– Elle y arrivait pas du tout. Quand elle a commencé la spé physique-chimie, elle se sentait vraiment nulle. Elle bossait tout le temps, mais ça marchait pas. Tu vois qui c'est, M. Racle ? Le prof de physique ? Il arrêtait pas de lui dire qu'elle y arriverait jamais. Un cas désespéré. Qu'elle aurait jamais son bac. Et des mecs ont commencé à faire cette blague débile. À l'appeler « Einstein ».

– Connards.

Ce que je ne dis pas, c'est que moi aussi, un jour, j'ai dit « Einstein ». Dans une conversation avec Jasmine. Pour ça, je pourrais me frapper.

– Elle a fini par y croire, je raconte. Petit à petit, elle a arrêté de sourire. Elle sortait plus. Elle faisait que réviser, dire qu'elle y arriverait jamais. Je suis sûre qu'elle aurait pu y arriver, mais elle répétait qu'elle comprenait rien. Les maths, les équations, elle était triste tout le temps à cause de ça. Enfin, je crois que c'était à cause de ça.

Je reprends mon souffle.

– On meurt pas à cause des maths, si ?

Mes larmes brouillent la nuit, les lumières des usines dansent sur ma rétine.

– Je sais pas, chuchote Frankie.

J'ai l'impression d'avoir avalé le phare, qu'il s'est coincé dans ma gorge.

– Je suis désolée. Pour la soirée des talents. Et de ne pas être venue t'en parler.

– OK.

J'aimerais qu'elle dise « pas grave », mais son OK a plutôt l'air de dire « en effet, c'était nul ».

– C'est fini avec Léo, j'ajoute.

Ma voix s'étrangle. Je poursuis :

– C'est bizarre. Je crois qu'il y a une partie de moi qui est soulagée.

– Alors accroche-toi à cette partie. Tu peux traîner avec moi, si tu veux.

Je sens son souffle tout près de mon oreille. J'ai froid, les petits cailloux du goudron rentrent dans la chair de mes cuisses. Le ciel continue à changer de couleur, rouge, orange, rouge, orange.

Frankie pose la main sur la mienne.

– Ça va aller, tu sais.

J'ose plus bouger mes doigts. Je ne sens plus que les centimètres de peau de ma cuisse collée à la sienne. Tout mon corps penche vers elle et je le retiens.

Les lumières du port clignotent dans mes veines. J'ai envie de tourner la tête, de l'embrasser. Mon cœur pulse sous mon jean.

Tout à coup, j'ai peur. Je me lève.

– Faut que j'y aille.

L'AMOUR EST DANS LE PRÉ

À la maison, maman mange des Dragibus devant *L'amour est dans le pré*. Je la rejoins sur le canapé.

– Tu t'es baignée ? elle demande.

Je hausse les épaules.

– T'es au courant qu'il y a des cadavres dans le port ? Des débiles qui sautent et se font empaler par des restes de bateaux ?

– Je sais.

– Et t'es pas censée traîner le soir toute seule sur le port, ça craint.

– J'étais pas toute seule, je dis.

– T'étais avec qui ?

– Quelqu'un.

– Qui ? Un mec ?

– Une copine.

– Thelma ?

– Laisse-moi.

– Une fille qui habite le quartier ?

– *L'Espadon rieur*.

– Va chercher une serviette de bain, tu défonces mes coussins.

J'enfile la capuche de mon sweat, monte le volume de la télé à fond.

Sur l'écran, un fermier descend de son tracteur, un petit chien lui court après.

Une banderole s'affiche en bas. « Pour participer à *L'amour est dans le pré…* » Maman note l'adresse mail de l'émission sur son téléphone.

– Qu'est-ce que tu fous ? je dis.

Le fermier a des joues écarlates et un polo Lacoste.

– Il est millionnaire. Il fabrique du foin de luxe pour les poneys de course ! Ça me plairait, moi, de vivre à la campagne.

– Et Gabrielle ? Et moi ? La garde alternée.

– Tu devrais leur écrire aussi, maintenant que t'es célibataire. On verra bien qui il choisira entre toi et moi.

– T'es tellement glauque.

Je désigne l'écran d'un coup de menton.

– Si t'es prise, ne dis SURTOUT PAS que je suis ta fille.

Mon portable vibre dans un pli du plaid. J'essaie de le trouver.

Il vibre encore, encore, encore.

Léo

Pardon.

Jsuis qu'une merde

Jtm

Me quitte pas stp

Est-ce qu'on peut parler ?

– Qu'il aille se faire foutre, je dis.

– Qui ? demande maman.

Mon téléphone sonne. Le visage de Léo s'affiche à l'écran. Ma mère m'arrache le portable des mains.

– Rends-moi ça !

Elle décroche, se redresse, à genoux sur le canapé.

– C'est sa mèèère !

– C'est quoi cet accent ? je souffle.

Elle essaie d'imiter la façon de parler des bourges. Pleine d'accents graves.

– Je ne connais pas de Léo.

– Arrête tout de suite ! je siffle.

– Vous savez, ma fille est très secrète. Elle vient tout juste de partir se promener sur le port. Je pense qu'elle va se baigner. J'ai beau lui interdire…

J'enfonce mon visage dans un coussin.

– Avec un jeune homme un peu plus âgé qu'elle, du genre bûcheron intello, vous le connaissez ? Bien, bonne soirée, à bientôt, j'espère !

Elle raccroche, triomphale.

– Il est dé-goû-té.

– T'es chiante, je souris.

– Tu m'adores.

C'est vrai.

Allongée sur mon lit, je parle à Beyoncé.

Crr-crr gouinegouinegouinegouinegouine, crr-crr.

– Pas du tout. OK ? Je l'ai pas embrassée.

Les yeux de Beyoncé se posent sur toutes les filles scotchées sur mon mur : Angèle, Hoshi, Pomme, Billie Eilish, Ellen MacArthur.

Crr-crr quand tu as couché avec Léo, la première fois, tu te souviens de ce que tu as pensé ?

– Arrête, je dis. Je me souviens plus.

Pendant ce temps, Gabrielle dort. Elle ronflote. J'ai pris Bourriquet dans son lit. C'est l'âne en peluche bleu, dans *Winnie l'ourson*. Le doudou de mon enfance. Je l'ai donné à ma sœur, il y a longtemps. Mais là, j'en ai besoin. Je le serre contre moi.

J'attrape mon portable. Enfonce mes écouteurs dans mes oreilles. Lance une chanson de ma playlist ; une chanson de Hoshi.

« *Surtout ne rien dire, et faire semblant. Être à part, un peu penchant. Au bout du navire, je coule doucement*[10]... »

J'ai des larmes plein la bouche. J'enlève un écouteur, me penche sur mon lézard.

– Je me souviens. Je me souviens de ce que j'ai pensé, la première fois que j'ai couché avec Léo.

Au moins, je ne suis pas lesbienne, c'est ça que j'ai pensé.

---

10. Hoshi – Hekic, M., Gerner, M. (2019). « Amour censure ». Dans *Sommeil levant*. Jo & Co.

Les yeux noirs de Beyoncé se font doux.
Crr-crr c'est pas grave, Véda.

TÉLÉPHONE DE FRANKIE

Véda
[est en train d'écrire]

... [est en train d'écrire]

... [est en train d'écrire]

... [est en train d'écrire]

Frankie
Dis-moi

Véda
Haha

[est en train d'écrire]

J'ai regardé plein de vidéos de drag-king, c'est grave stylé !

Frankie
Tu veux que je t'apprenne ?
Demain après les cours ?

TOUT VISQUEUX

Je suis chez mon père. Beyoncé m'observe, une patte dans sa baignoire. J'essaie tous les pantalons de Ben.

Crr-crr tu serais le genre jean beige, bronzé, pieds nus dans des mocassins en daim, cheveux de riche ondulés, et tout. Timothée Chalamet dans Ladybird.

– Tu crois ?

C'est pas pour les lesbiennes, le drag-king ?

– Pas forcément.

Remarque, oui. Toi, tu vas en faire, et t'es hétéro.

– Voilà.

Une hétéro qui a des étoiles et des lézards sous la peau quand le pied d'une fille touche le sien. Qui cherche « lesbian movie » *sur YouTube,* « *test lesbienne* », « *look de lesbienne* » *sur Google. Qui pleure quand elle écoute Hoshi.*

– Chut.

Je me souviens d'une conversation avec Suzie et Thelma, l'année dernière.

– Lécher une chatte, avait dit Suzie. Ça, je pourrai jamais. Ça me dég'.

– Moi non plus, j'avais répondu. Je pourrai jamais.

– Même toucher, avait ajouté Thelma. C'est trop dégueu. Rien que l'idée, j'ai envie de vomir. Ça doit être tout visqueux.

Tout visqueux.

KING VÉDA

Frankie brandit un rouleau de film étirable.

– Première fois que je king quelqu'un d'autre !

Sa chambre, sous les combles du restaurant de sa tante, est petite, sombre. Une lucarne donne sur le ciel. On dirait une cabine de bateau. Aux murs, des photomatons de ses amis en drag-kings, une affiche violette aux coins déchiquetés : « MAGIC DYKE PARTY BERLIN ».

– Ça veut dire quoi, « *dyke* » ? je demande.

– Gouine. En anglais.

La première fois que j'ai entendu ce mot, c'était au CP. On apprenait les couleurs en anglais. *Yellow, red, blue*[11]... quand ça a été le tour de « *green* », un garçon a crié « GOUINE ! ». La maîtresse l'a puni au fond de la classe.

Sur son lit, elle aligne le rouleau, des capotes, un sachet de coton, une trousse de maquillage, un petit miroir.

– Le drag-king, ça coûte rien, c'est avec les moyens du bord !

11. « Jaune, rouge, bleu... »

– Quand est-ce que tu l'as fait pour la première fois ?

– Tu veux la version longue ou courte ?

– Longue.

Depuis que je suis passée par la trappe de sa chambre-grenier, je n'ai plus peur. C'est comme un monde magique dans lequel tout est plus facile et possible. Comme l'arbre d'*Alice au pays des merveilles*, ou l'armoire magique du *Monde de Narnia*.

Elle prend une paire de ciseaux, coupe une mèche de ses cheveux. Au-dessus d'un petit bol, elle les taille en tout petits bouts. Ça les transforme en poussière.

– Des poils, elle explique.

– Stylé !

– Au collège, je me faisais des petits films dans ma tête. J'imaginais que j'étais devenue adulte, que j'étais un mec gay. Je partais vivre à Los Angeles avec mon *boyfriend*.

Elle continue à réduire la mèche en fine poudre. J'aime le bruit que ça fait.

– T'aimais les mecs ?

– Non, mais j'imaginais que j'étais un mec gay, je sais pas pourquoi. Et puis, les robes, tout ça, je me sentais déguisée. Sur les photos de classe, j'ai l'air super mal à l'aise. On disait que j'étais un garçon manqué. J'aimais qu'on me prenne pour un mec. Et en même temps, ça ne me convenait pas. Parce que je ne suis pas un garçon. La révélation, ça a été quand je me suis bindée pour la première fois. « Binder », ça veut dire aplatir ses seins, les comprimer. J'ai pleuré de joie. Ce torse plat, c'était trop beau.

Elle prend une pincée de poils.

– Je parle pas trop ?

– Pas du tout.

– Donc voilà, le binding, c'était la révélation. Pourtant, mes seins, je les adore. Je veux les garder. J'ai pas envie de les enlever. Moi, j'aime pouvoir choisir. Un jour avec, un jour sans.

Frankie approche la pincée de poils de mon visage.

– J'y vais ?

Je ferme les yeux, respire l'odeur de son chewing-gum cassis-menthe.

– J'ai découvert les kings sur Internet. Mon premier atelier, c'était avec Victor Lemaure, un drag-king français de passage à Berlin. C'était au SchwuZ, un club immense. Il avait réservé une petite salle, toute sombre.

Elle frotte les poils sur mon menton, au-dessus de ma bouche, tout doucement.

– Ça tient tout seul, tu vas voir. C'est magique. Grâce au duvet. Bref. Cet atelier. C'était une révélation. Quand je suis sortie de là, je me sentais puissante. J'avais qu'une envie : recommencer. Ça m'a totalement libérée.

Elle m'observe, sérieuse et satisfaite. Enlève un coin de ma moustache avec son petit doigt et poursuit :

– Avant, tout ce que je faisais, c'était pour faire plaisir à quelqu'un. T'as déjà eu cette impression, toi ?

Je réponds la bouche serrée, pour ne pas faire tomber ma moustache.

– Tout le temps.

Elle prend une palette de fond de teint, appuie son pinceau sur la teinte marron, la plus foncée, l'applique doucement sur mon menton. C'est doux.

– Donne un exemple.

– Mon père me répète sans arrêt que je suis « une bonne fille ». Quand j'accepte de faire des trucs que j'ai pas envie de faire. Comme féliciter ma belle-mère pour ses haïkus. M'occuper de Gab quand j'ai plein de devoirs, dire merci et pardon tout le temps.

– Quand t'es gentille, quoi.

Elle étale le maquillage sur mon front, mes tempes, entre mes sourcils.

Je me concentre : ne pas éternuer, ne pas bouger. J'ai envie de me gratter le nez, de remuer les épaules.

– Fini !

Elle recule, comme pour admirer un tableau.

– Magnifique !

Frankie me tend un miroir. Les poils dessinent une barbe de trois jours. Le fond de teint durcit mes traits, épaissit mes mâchoires.

C'est parfait. Je suis moi et quelqu'un d'autre en même temps. Je ne ressemble ni à un garçon qu'on peut croiser dans la rue, ni à une fille qu'on peut croiser dans la rue.

– Je suis grave beau.

– Ça, c'était sûr. Dis un truc pas gentil, pour voir ?

– Les haïkus de ma belle-mère sont chiants à mourir.

– Parfait !

Elle enlève son tee-shirt. Elle n'a pas de soutif.

– Maintenant, binding !

Sous son sein droit, un petit tatouage, des lettres attachées. *Not building a wall but making a brick*[12].

– Je te montre ! lance Frankie en attrapant le rouleau sur son lit.

Du bout de l'ongle, elle trouve l'extrémité du film, le déroule. Le plastique crisse.

– J'aime trop ce bruit, je dis.

Elle plaque le film transparent, aplatit son sein, le tire, l'aplatit encore sur le côté. Elle fait passer le rouleau dans son dos.

– Tu m'aides ?

Je le prends, tourne autour de Frankie. Un tour, deux tours. Le plastique brille sur sa peau blanche, ses grains de beauté. Les tétons de Frankie s'enfoncent dans la chair de ses seins.

– Ça te fait pas mal ?

– Tire plus fort, faut que ça soit bien serré.

Elle rentre le ventre, roule les épaules en arrière. Je coince l'extrémité du film dans le bord du bandeau de plastique.

Elle passe les doigts sur sa poitrine, satisfaite. Montre les plis de peau formés au-dessus du film.

---

12. « Il ne s'agit pas de construire un mur, mais de fabriquer une brique. »

– Et ça, ça fait des pectoraux !

Elle enfile son tee-shirt « NO PROBLEMO », admire son torse plat.

Je prends le rouleau.

– Tu veux de l'aide ? elle demande.

J'ai envie de ses doigts sur ma peau, mes seins, mes côtes.

– Ça va. Je vais me débrouiller.

J'enlève mon tee-shirt, dégrafe mon soutif – que je mets juste pour qu'on ne voie pas mes tétons à travers le tissu de mon tee-shirt. Mes seins : deux petites poches de graisse. Ils ont commencé à pousser à la rentrée de quatrième et ils ont arrêté deux mois plus tard. À cette époque, en sport, on faisait volley-ball. Parfois, il fallait plonger pour récupérer le ballon. Quand mes seins heurtaient le sol, la douleur remontait dans ma gorge. Pourtant, me jeter par terre, j'adorais ça. Le pire, c'est que ceux de toutes les filles ont continué à gonfler, mais pas les miens. Pour faire illusion au collège, ma mère m'a donné sa technique : du coton dans son soutien-gorge. Mon soutien-gorge, il ne servait qu'à ça, faire tenir le coton. Un jour, une des boules est tombée sur mon plateau, à la cantine. Après ça, tous les mecs du collège m'ont appelée « Miss Coton ».

Le film étirable est froid contre ma peau. Mes oreilles et mes joues bouillonnent, mes doigts déchirent le plastique.

– Merde !

– Je peux ? demande Frankie.

– Oui, je murmure.

Elle pose la main à plat sur mon dos, me fait tourner. Sous ses mains, le plastique tiédit. Je retiens mon souffle. J'espère qu'elle ne sent pas mon cœur battre la chamade.

– Voilà !

Derrière le film transparent, on dirait que mes seins me font une blague, comme quand on écrase son nez derrière une vitre.

J'enfile une chemise. Passe les doigts sur mon torse plat. Bouffée de joie. Le plastique enserre mes côtes, bloque mon souffle, et pourtant, j'ai l'impression de mieux respirer.

– Impressionnant, hein ? dit Frankie.

– J'aurais voulu que mes seins ne poussent jamais, en fait.

Elle attrape la boîte de capotes et le grand sachet de coton.

– Maintenant, le packing !

– Le quoi ?

– On va se faire des bites.

J'attrape un préservatif, je l'ouvre ; il sent l'eucalyptus. J'enfonce une boule de coton à l'intérieur.

– J'en mets combien ? je demande.

– C'est ta bite, pas la mienne.

Le plastique de la capote grince, j'en enfonce, encore, encore.

– T'es ambitieuse !

Frankie regarde le préservatif entre mes doigts. Un gros beignet mal formé.

Je retire un morceau de coton, fait un nœud.

– Tu la mets dans ton pantalon, et ça te fait un paquet ! elle explique. Bon, ça, clairement, c'est pas obligatoire. Si t'es mal à l'aise tu l'enlèves.

Je glisse la capote dans mon jean. Regarde la bosse.

– Quand je me balade en king... commence Frankie.

– Tu l'as déjà fait à Dunkerque ?

– Seulement à Berlin, avec mes amis. Les gens, quand ils nous croisent, ils se demandent si on est des mecs ou des filles. La première chose qu'ils regardent, c'est nos seins. Et ensuite, notre sexe.

– Ça te manque ? Tes amis, Berlin...

– À mort. Mes potes kings, surtout. C'est eux, ma vraie famille. J'ai hâte de les retrouver. On va faire un show spécial Noël. J'aimerais trop que tu voies ça. Je voudrais déjà y être.

Sa phrase me pince le cœur.

– Je te fais une moustache ? je propose.

On s'assied face à face. Je prends une pincée de cheveux. La frotte au-dessus de sa bouche.

– C'est vrai que ça tient tout seul !

Je frotte les poils sur le pourtour de sa bouche de fille, ourlée de taches de rousseur. Quelques-unes débordent même sur sa lèvre.

J'ai envie de l'embrasser.

– C'est quoi, ton tatouage ? « *Not building a wall but making a brick.* »

– C'est un jeu, une sorte de tarot. Ma mère est DJ. Elle tire une carte quand elle est bloquée sur sa musique. Qu'elle a plus d'inspiration.

Frankie sort son portable de sa poche. Ouvre une application. Me montre :

OBLIQUE STRATEGIES

– C'est la version en ligne. Le jeu est presque introuvable.

Elle me tend le téléphone.

– Vas-y ! Essaie !

Je tape sur l'écran.

BE EXTRAVAGANT !

– Alors ?

Elle regarde le résultat par-dessus mon épaule.

– Sois extravagante ! Tu sais ce qu'il te reste à faire !

– Je crois que j'aimerais bien être un king-pirate, je réponds. Un marin aventurier.

– Capitaine Véda ! Attends, je te dessine une cicatrice !

Dans sa trousse de maquillage, elle attrape un crayon brun, l'appuie sur ma joue.

Nos lèvres sont toutes proches.

– T'as déjà embrassé une fille ? elle demande.

Suzie et moi, on s'est embrassées un soir. Elle dormait chez moi. On avait décidé de faire une nuit blanche. On a commencé à se faire des suçons dans le cou. Et puis tout à coup, sa bouche était sur la mienne. De temps en temps, aussi, on s'amusait à se tenir la main le plus longtemps possible dans les couloirs du lycée. Quand on croisait quelqu'un, on se rapprochait, on se collait, pour qu'il ne voie pas nos doigts entrelacés. Un jour, son mec de l'époque m'a coincée dans un couloir. Il s'est énervé : « T'arrêtes tes délires malsains avec ma meuf ! » On a arrêté. Deux mois plus tard, il l'a larguée. Ça en valait bien la peine.

– Ma meilleure amie, je réponds, une fois. Pour rigoler.

– Moi aussi, mes meilleures amies, c'était parfois un peu plus que mes amies.

Elle retouche ma cicatrice avec la pointe de son crayon.

– T'es parfait.

Elle approche sa bouche de la mienne. Je retiens mon souffle.

La trappe du grenier claque. Anita passe la tête dans un rai de lumière et de poussière.

– C'est quoi ce bordel ?

J'ai couru dans les escaliers, dans la rue. Je m'arrête, les mains sur les côtes. Je reprends mon souffle. Tout ralentit.

J'efface ma moustache avec ma manche. Les particules de Frankie s'envolent dans l'air, mais elle, elle reste collée à moi. Le film étirable couvre toujours ma poitrine. Je me tiens droite.

Un soleil a éclaté en moi. Je me sens immense. Excitée.

Ce mot ne me semble plus du tout brutal, juste rempli d'éclairs et d'électricité.

AU BORD DE LA SPREE 1

Berlin. 8 heures du matin, au bord de la Spree. Les trois corbeaux et le goéland se sont envolés, le tramway passe, repasse, gronde, regronde. J'ai trouvé un vieux chewing-gum au fond de la poche de ma veste. Un des chewing-gums de Frankie. Le goût cassis-menthe chasse celui de la cendre et de la vodka, mais il me donne envie de pleurer encore.

J'ai craché un peu de salive sur ma manche, effacé mon maquillage. J'ai enlevé mon préservatif bourré de coton, arraché les bandes couleur chair qui aplatissaient mes seins. La colle a épilé le duvet sur mes côtes et a laissé des marques noires sur ma peau. J'ai faim, rien à manger. Aucun signe de vie sur *Tara*.

Je n'ai pas répondu à Frankie. Je ne sais plus si je veux partir ou pas. Je voudrais qu'elle accoure. Qu'elle me rejoigne. Qu'on s'en aille, toutes les deux.

Je plie et déplie l'enveloppe remplie de billets, ma paie du food-truck. J'ai retiré tout l'argent avant de quitter Dunkerque.

Cet hiver, juste avant Noël, je ne savais plus ce que je voulais faire de ma vie. Je n'avais plus envie d'aller à Lille. Les semaines filaient. Au lycée, Thelma traînait avec Jasmine, Sacha. Je lui en voulais de ne pas me choisir moi. Mais au moins, comme ça, je pouvais passer tout mon temps avec Frankie.

Dans mon cœur, dans ma tête, il n'y avait de place que pour elle. La vérité, c'est que j'étais de plus en plus amoureuse, sans me l'avouer. C'était comme si ce secret était caché sous des tonnes de sable. J'aimais une fille. Une fille. Comme le haut du clocher de l'église de Soulac, un village entièrement enseveli au XVIIIe siècle, mon secret émergeait de la dune, et je devinais à quel point il était immense.

Un village, une ville engloutie sous les mensonges : j'aimais les filles, je le savais, ça me donnait envie de pleurer. De pleurer de joie.

Aux pauses, je retrouvais Frankie et Malik sur un des canapés défoncés du foyer des élèves. Frankie nous racontait Berlin, les soirées, le drag-king, ses amies. Comme elle avait hâte de rentrer chez elle. Et moi, mon cœur se serrait, dans mes pensées, une voix suppliait Frankie : *ne pars pas, ne pars pas, ne pars jamais* ou *je peux venir ? je peux venir vivre avec toi à Berlin ?*

J'attendais deux cours avec impatience. D'abord celui de philo. Parce que le cours était tellement ennuyeux que je pouvais penser sans interruption à Frankie. Le prof restait assis à son bureau, raide dans sa veste de costume. Il faisait de longs monologues pendant lesquels je couvrais les marges de mon classeur de lettres F, petites, grandes, cursives, en capitales, en minuscules, en rouge, en vert, en noir, en bleu. Je n'essayais même plus de chasser les images qui apparaissaient dans mon cerveau, aussi lumineuses que si elles étaient diffusées par un vidéoprojecteur. Ma bouche sur le cou de Frankie, sur le lobe de son oreille, son ventre contre le mien, nos jambes nues qui se frôlent.

Ensuite, il y avait le cours de littérature, langues et cultures de l'Antiquité. Celui qu'on avait en commun. Assise à côté de Frankie, j'avais la sensation de retenir mon souffle pendant toute l'heure. Mme Letibi, que je trouvais tellement belle, nous parlait d'Orphée décapité par les femmes thraces, de Daphné transformée en laurier, de Circée, puissante sorcière sur son île. Les mots de l'*Odyssée* et des *Métamorphoses* se mélangeaient aux ondes du corps de Frankie juste à côté du mien. On écoutait le cours, attentives. On appuyait nos cuisses l'une contre l'autre, ou nos genoux. Tout mon corps était tendu, j'avais envie qu'on soit seules, qu'on s'embrasse. La prof jetait un coup d'œil sous la table, faisait comme si elle ne remarquait rien. Ça me plaisait, qu'elle sache. Qu'au moins une personne sache. Je me sentais moins seule.

Parfois, dans mon lit, j'avais envie de pleurer, de hurler, même. Qu'est-ce qui m'arrivait ? Est-ce que Frankie me désirait comme moi je la désirais ? Est-ce qu'on allait s'embrasser ? Est-ce qu'elle en avait envie ? Est-ce que j'avais le droit ? Est-ce qu'elle faisait ça avec toutes ses copines ? Est-ce qu'elle faisait pareil, à Berlin, avec la fille qui avait écrit « *LOVE YOU* » au Tipp-Ex sur sa trousse ? Est-ce que son ventre se tordait comme le mien ? Est-ce qu'elle aussi, elle pensait à moi la nuit ? Est-ce qu'elle se réveillait en nage, le cœur comme un tambour ? Avec l'image de ma bouche ouverte sur la sienne ?

Et puis il y a eu les vacances de Noël.

Les vacances les plus longues de ma vie.

J'attendais juste que Frankie rentre de Berlin. On s'écrivait toute la journée, toute la nuit.

L'HIVER

TÉLÉPHONE DE VÉDA

Véda à Allison – 23/12
T'as besoin de moi ce soir ?

Allison
Je ferme pour Noël. Y a pas assez de monde.
Je travaille à perte. Vacances chez mes parents, à Paris

***

Frankie à Véda – 25/12
Joyeux Noël !

Véda
Merci !!

Frankie
T'as eu quoi ?

Véda
Une platine vinyle

Frankie
Trop stylé !

Véda
Je vais la revendre pour me faire du fric,
pour l'année prochaine. Et toi ?

Frankie
L'album de Magdalena Bay

Véda
Trop bien !

Frankie
Tu connais ?

Véda
En fait je connais pas. J'ai dit ça
pour pas avoir l'air inculte

Frankie
Ben faut pas ! On s'en fout ! Arrête de faire ça !

***

Léo à Véda – 01/01
Bonne année V, tu me manques, dsl pour tout ceque j'ai fai. Jsuis amoureux de oi

Hahaha ! Désolé pour mon message de cette nuit, j'étais bourré

Mais c'est vrai, tu me manques

***

Thelma à Véda – 01/01
Bonne année Véda !
Je pense à toi, tu me manques trop.
Je veux pas qu'on reste fâchées. Je t'aime.
Je te souhaite que du beau, de l'amour,
de la fête et du scandale

Véda
Tu me manques aussi, je t'aime. Ça va, La Plagne ?

Thelma
Y a pas de neige. C'est déprimant.
Mais ouais ça va

Véda
Et les mecs ?

Thelma
Léo parle que de toi, il se sent trop nul.
Il est mal. Je te dis pas de retourner avec lui, mais c'est vrai qu'il est super mal

Véda
Je retournerai jamais avec lui.
M'en parle plus stp

Thelma
Ok, dsl. On se voit quand je rentre ?

Véda
Ok !

***

Véda à Frankie – 01/01
Bonne année ! Tu reviens quand ? J'ai un cadeau pour toi !

Frankie
Le jour de la rentrée. Rdv au lycée !

Véda
C'est loin !

Frankie
I know !

GOUINE, GOUINE, GOUINE

– Gouine. Gouine. Gouine. Gouine.

Dans le salon, chez maman, je parle à mon reflet. Une guirlande de Noël entoure encore le miroir.

– Gouine. Gouine. Gouine.

– Tu fais quoi Véda ?

Ma mère pousse la porte d'entrée avec le pied. Elle porte des boîtes de traiteur empilées. Elle bouscule le sapin qu'on a laissé là, avec toutes ses boules et ses guirlandes.

Je scrute mon visage.

– T'as déjà répété un mot plusieurs fois, et au bout d'un moment, c'est comme si ce mot, c'était plus un mot, mais juste du vide ?

– Elle est où Gabrielle ? dit maman.

Sa voix est pleine de larmes. Je fais volte-face. Elle pleure, pose les boîtes de sandwichs sur la table basse.

– Elle joue dans la chambre. Qu'est-ce qu'il y a, maman ?

Elle s'écroule sur le canapé, attrape un coussin qu'elle serre contre son ventre.

– J'ai reçu un coup de fil. Après-demain, on a la visite des services sociaux. Pour Gabrielle.

Mon cœur accélère.

– Ils vont l'emmener ?

Elle fait non de la tête.

– C'est une visite. Ça fait partie de la procédure pour l'attribution de la garde. Ils vérifient que chaque parent respecte l'autre, que nous, on respecte l'image de Josh, que Gabrielle grandit dans de bonnes conditions, qu'elle est en sécurité chez nous.

– C'est possible, qu'ils donnent la garde à Josh ? qu'elle parte à Londres ?

Ma mère prend une grande inspiration.

– L'avocate dit que c'est rare, mais possible.

Je jette un œil au sapin, au lutin en plastique qui se balance sur une branche : il fume un joint, un air d'extase flotte sur son visage.

J'enfile une veste.

– Tu vas où ? elle demande.

– Chercher des trucs chez Thelma, pour l'appart. Toi, tu commences à faire le ménage, OK ?

Je l'embrasse sur la joue.

– Allez maman. Haut les cœurs. Demain, je sèche les cours. Je reste pour t'aider. Cet appart, il va ressembler à un magazine déco.

– Tu trouves où toute cette énergie ?

– C'est la *dyke energy*[13].

– Quoi ?

---

13. « Énergie lesbienne. »

– Rien, une blague. Je blague. Toi, commence le ménage !

TÉLÉPHONE DE VÉDA

Véda à Frankie - 06/01
Je viens pas en cours demain.
Urgence à la maison. Rien de grave.
J'texpliquerai

Frankie
Ça va ?
T'es sûre que c'est rien de grave ?

Véda
Je t'expliquerai. Bisous

***

Véda à Thelma
J'ai besoin de toi. C'est urgent

Thelma
Qué pasa ? Ça va ????

Véda
Tu peux me prêter de la vaisselle classe ?
Et un tableau ?

Genre la reproduction de Matisse ?
Et le tablier de cuisine de ta mère

Et elle a des magazines, ta mère ?
Genre Elle, ou Glamour ?
Des trucs de mère normale ?

Et un rouleau à pâtisserie

Des chaussons

Thelma
Tu pètes un câble ?

Véda
T'as des chaussons taille enfant ?
De quand t'étais petite ?

Thelma
Mais dis-moi ce qui se passe !

Véda
Visite services sociaux chez ma mère, demain.
Pour Gabrielle

Thelma
Quoi ? ... Mais ça va ?

Attends, je demande à ma mère

Véda
Demande-lui tout ce qui fait famille modèle.
Respectable

Thelma
C'est bon, elle est ok. Viens

SCRUB DADDY

– J'ai trouvé une super éponge !

Je dépose un cabas Action sur la table de la cuisine.

– Maman ! Debout !

Avachie dans le canapé, ma mère regarde *Grey's Anatomy*. Quand elle déprime ou qu'elle panique, c'est son réflexe. N'importe quel épisode. En particulier ceux avec des morts et des opérations à cœur ouvert qui finissent mal. Je masse mon épaule, sciée par l'anse en plastique du cabas.

Les objets que j'ai empruntés chez Thelma sont encore entassés dans le salon. Le rouleau à pâtisserie, la vaisselle assortie, la reproduction de Matisse… Je me plante devant l'écran :

– T'as rien rangé !

Je brandis une éponge rose fluo, en forme de tête ronde, avec deux petits trous pour les yeux et un grand pour la bouche.

– Elle s'appelle « Scrub Daddy » ! Ou « Scrub Mommy », j'sais plus.

J'enfonce un doigt dans chaque œil.

– Ça, c’est pour faire briller les couverts des deux côtés !

Ma mère ne réagit pas. D’habitude, les gadgets, elle adore. Notre liquide vaisselle sort de la bouche d’un bonhomme vert fluo, notre grille-pain a des pattes de chat, on suspend les manteaux à des culs de chiens, sur leurs queues en accent aigu.

– Je viens de claquer 50 euros pour toi ! Il faut que tu te bouges.

Elle lâche un « ouais », lourd, traînant. Elle attrape la télécommande, qui, dans sa main, semble aussi lourde qu’une brique. Elle éteint la télé.

– Et s’ils prennent Gabrielle ? elle dit. S’ils l’envoient à Londres ?

Un grand vide remplit mes côtes.

– Impossible. Ça n’arrive jamais, je déclare.

C’est pas vrai, c’est possible. J’ai fait des recherches sur Internet. Ça arrive tout le temps. Oui, Gabrielle pourrait partir vivre avec son père. Je me souviens, un jour, je dansais dans ma chambre devant le miroir, j’imitais une chorégraphie d’Angèle et, tout à coup, j’ai levé les yeux : il était là, à me regarder avec un petit sourire narquois. Une autre fois, il a menacé de jeter mon lézard par la fenêtre si je n’avouais pas que c’était moi qui avais renversé de l’eau sur la manette de sa Xbox. Et il y a toutes les nuits où je ne pouvais pas dormir parce que je les entendais s’engueuler, avec maman qui disait « arrête, il faut que je me repose, on en parlera demain ».

Quand ma mère a réussi à le quitter, il nous suivait dans la rue, on le croisait tout le temps. Il lui envoyait des milliards de messages. Et puis il a rencontré une autre femme, il a déménagé à Londres et on n'a plus entendu parler de lui pendant un temps.

Je connecte mon téléphone à l'enceinte du salon, lance *L'Amour à la plage* pour nous donner du courage. Ma mère adore cette chanson. Moi aussi.

« *Ce soir, j'irai danser le Mambo*

Au Royal Casino, sous les lambris rococo... »

En dansant, j'attrape le lutin qui fume son joint sur le sapin.

– Ça, poubelle.

Je détache du mur la carte postale avec une feuille de cannabis.

– Ça aussi.

Je montre le drapeau Extinction Rebellion.

– Ça aussi.

J'attrape la salière « Cocaïne » et la poivrière « Héroïne ».

– Ça aussi ? proteste maman. Mais c'est une œuvre d'art !

J'approche d'elle en avançant en rythme.

« *C'est l'amour à la plage*

Ah-ouh, cha cha cha[14]... »

Elle fixe le vide, secoue la tête.

---

14. Niagara – Laporte, M., Massenet, J. (1986). « L'Amour à la plage ». Dans *Encore un dernier baiser*. Polydor.

– On va jamais y arriver.

– Tends les bras ! je dis.

J'enfile sur ses mains des gants de vaisselle rose fluo. Sur le droit, c'est écrit « *Domestic* », et sur le gauche « *Goddess* ».

– Fais la vaisselle ! j'ordonne. Je m'occupe du reste.

ARRÊTE TA CRISE

J'ai lu sur Internet que les services sociaux fouillent tout : les placards, le frigo, le four. Tout. Dans le congélateur, il ne faut que des légumes, de la bouffe saine, nutriscore A. Alors on a enlevé les miniburgers, les frites, les nuggets. Dans le congélo vidé, la glace craque, grince. On dirait qu'un rat ronge les parois.

Le soir, quand Gabrielle rentre à la maison, l'appartement sent la pomme de terre grillée, le fromage fondu et le poulet frit. Maman a vidé dans le four tout le contenu du congélateur. Un plateau de mini-dinosaures nuggets nous attend sur la table basse.

Un peu partout dans l'appart, j'ai posé des magazines *Femina* et *Marie-Claire*, des livres de déco, une biographie de Lady Diana, de Céline Dion. Au mur, j'ai accroché un bocal de poissons rouges, peint par Matisse.

Gabrielle accourt depuis notre chambre.

– C'est quoi, ce truc ?

Hilare, elle brandit ma capote pleine de coton. Je hurle :

– T'as pas le droit de fouiller mes affaires !

Ma mère arrache le « truc » des mains de ma sœur.

– C'est quoi ?

Je pouffe de rire.

– Tu trouves ça drôle ? elle demande.

– C'est pour faire du drag-king.

Le regard sombre, elle secoue la tête.

– Qu'est-ce qu'elle va dire, la meuf des services sociaux, si elle trouve ça dans ta chambre ? Tu cherches quoi en fait ?

– Tu cherches quoi ? répète Gabrielle.

– Tais-toi, toi, je dis.

Maman fronce les sourcils.

– T'es bisexuelle ? Tu peux me le dire, hein.

– C'est quoi le rapport ? T'es cinglée ?

– C'est pas la première fois que je me pose la question. T'as que des posters de filles dans ta chambre.

– Billie Eilish ! Va dans n'importe quelle chambre de mes copines et tu verras les mêmes posters.

– Moi, j'avais des photos des chanteurs d'Oasis, de Kurt Cobain… des mecs ! Plein de mecs !

– Normal, t'es obsédée !

– Change de ton !

Gabrielle pioche un nugget-dinosaure et dit :

– Véda a écrit « Frankie » sur toutes les pages de son carnet.

Elle regarde ma mère et précise :

– Frankie, c'est une fille.

J'ai envie de lui enfoncer la tête dans le plat de nuggets.

– T'es sérieuse ? T'as fouillé toute la chambre ou quoi ?

Ma mère se radoucit :

– Frankie, c'est ton amoureuse ? C'est ça ?

J'explose :

– Mais j'hallucine ! Vous êtes cinglées toutes les deux ! Ça va pas de fouiller ma vie comme ça ?

– Calme-toi.

– Vous faites chier !

– Tu te CALMES ! crie ma mère.

Je m'approche d'elle, la toise, le cœur battant.

– TOI, tu te calmes, je dis.

– Tu crois que tu me fais peur, Véda ?

Gabrielle nous regarde, effrayée, des larmes plein les yeux.

– Arrêtez... elle gémit.

Je dévisage maman, secoue la tête.

– T'es dingue. En plus d'être dépressive et incompétente.

Je donne un coup de pied dans la table basse, le plateau de dinosaures se renverse sur le tapis.

– Pas ça ! crie ma sœur.

Elle se précipite pour ramasser les nuggets. Se tourne vers moi.

– T'es méchante ! elle hurle.

Elle frotte un T. rex pour enlever la poussière.

– Il est FOUTU !

– C'est un putain de nugget ! On s'en tape !

– T'es conne ou quoi ? crie Gabrielle.

Je jette un regard narquois à ma mère et lâche :

– Tu l'élèves super bien, hein. Tu la mérites, la garde !

– Sors de cette pièce.

Je claque la porte de ma chambre, coince une chaise sous la poignée. Balance mon portable sur le mur.

– Merde. Merde ! Fait CHIER !

Je ramasse le téléphone.

Génial.

Une fissure traverse l'écran. Une tache d'encre noire cache le coin gauche.

Beyoncé gratte la paroi de son terrarium.

Crr-crr-crr besoin de parler, peut-être ? D'exprimer tes émotions ?

J'enfonce le visage dans mon oreiller, étouffe un cri de rage.

TÉLÉPHONE DE VÉDA

Véda à Frankie
Tu fais quoi ?

Frankie
Je regarde Walking Dead

Véda
Je peux venir ?

Frankie
OUI !

L'AMOUR AVEC UNE FILLE

Sur la vitrine du bar, une affichette : « Loue local au sous-sol pour fêtes et mariages ». Je me demande bien qui voudrait faire une fête ou se marier ici.

Je pousse la porte de *L'Espadon rieur*, fait tinter le carillon. Le bar est vide. À part Anita et le vieux chien – un dogue noir aplati sur le carrelage, la gueule pleine de bave.

– Bonjour.

Anita garde le silence, le visage fermé.

– Je suis venue voir Frankie. Enfin… *Walking Dead*…

D'un coup de menton, elle me montre la porte de service, derrière le comptoir.

– Vous laissez la trappe ouverte, elle grogne.

Vite, j'enjambe le chien, écarte le rang de perles en bois du rideau. Ça fait un bruit de pluie.

Frankie, assise sur son lit, son ordinateur sur les genoux, mâche sa chaîne en argent, hypnotisée par une armée de zombies. Elle est trop belle dans son débardeur blanc.

Elle se décale contre le mur, me fait une place à côté d'elle.

Je m'assieds tout contre son corps. Sa chaîne tinte sur ses dents. Ses yeux restent rivés sur l'écran.

– Il vient de se faire mordre, elle dit.

Les zombies peuvent bouffer tous les humains un par un, je m'en fous. Qu'ils exterminent l'humanité.

Les longs cils noirs de Frankie ne bougent pas. Ses yeux verts non plus. Je pense à une paire de ciseaux qui coupe ses cils. Parfois, les images qui me traversent la tête… On dirait que je suis dingue.

– J'ai un cadeau pour toi, je murmure.

Elle se redresse. À l'écran, une horde de zombies défoncent une clôture électrique.

Je lui tends le petit paquet, lourd, emballé dans du papier cadeau *Seigneur des anneaux*.

– C'est Gabrielle qui a choisi le papier, cette année.

Elle l'arrache d'un coup, voit le jeu de cartes. Son visage s'éclaire.

– *Oblique Strategies* ! Comment tu l'as trouvé ?

– Secret, je souris.

80 euros sur Etsy. J'ai passé des heures à le chercher, c'est de la seconde main. Les cartes étaient pleines des empreintes grasses des doigts des anciens propriétaires. Je les ai essuyées une par une avec un coton-tige.

Elle me tend le jeu.

– Tire une carte !

J'en prends une au hasard.

« *LISTEN TO YOUR BODY*[15] ».

Son visage se tourne vers le mien. Elle sourit. Sa bouche est toute proche. Elle enlève une mèche de cheveux de mes yeux. Je retiens mon souffle. Touche du doigt l'unique boucle à son oreille droite.

– Les flibustiers, je murmure.

– Quoi ?

– Un seul anneau, c'est le signe des flibustiers, des pirates. Ça montre leur indépendance.

Faut que je me taise, vite.

– Je peux t'embrasser ? dit Frankie.

Mon oui sort à peine de mes lèvres, nos bouches s'ouvrent l'une sur l'autre. Des nénuphars se dévoilent dans ma poitrine.

On s'embrasse encore, encore. La pluie frappe le Velux. Mes mains caressent son dos, sous son pull.

Je sais plus comment c'est arrivé. Qui a enlevé le tee-shirt de qui. Qui a déboutonné le jean de qui. Je me souviens de son souffle qui entrait dans mon oreille. Des zombies qui grognaient en déchiquetant un chien. De sa main fermant le clapet de l'ordinateur.

Il y a des mots huileux que je n'aime pas utiliser : cuisse, bite, couille, clitoris, sexe, excite.

Je préfère pastel, pulpe, peau.

L'amour avec Frankie, c'est comme un rêve. Le même que celui que je fais depuis très longtemps,

---

15. « Écoute ton corps. »

un rêve que je n'ai jamais compris, avant aujourd'hui.

Un rêve où je rétrécis et plonge dans la pulpe de mon doigt, au milieu de l'empreinte. Je m'y enfonce, je nage, c'est moelleux, tiède, rose et orangé.

C'est un rêve de langue et de lèvres, de pulpe et de peau, de souffle et de sueur.

L'amour avec Frankie, tout pulse, on se soulève et on s'affaisse.

L'émail de ses dents tinte contre mes boucles d'oreilles, on garde nos cris enfermés au fond de nous ; je lèche sa salive et mords son pouce, pose ma langue sur sa clavicule, ses côtes, ses hanches. Elle murmure dans mon oreille, sous mes cheveux, encore, encore. Mille poissons nagent dans mes veines. Une secousse, sous ses doigts, enfle, grandit, et m'emporte comme un tsunami. D'immenses vagues plus grandes que moi balaient mon corps. On ouvre la bouche en même temps, on crie du silence.

Et tout retombe.

PLUS FAIM

– Oh ! Véda ! Je te parle !

Ce midi, j'ai rejoint mon père dans son atelier. La radio crachote France Inter, un petit radiateur électrique souffle du chaud sur mes jambes. Je fais tourner la roue de la ponceuse fixée à l'établi. Le papier de verre accroche mes doigts.

– Véda !

– Quoi ?

– *Le Jeu des 1 000 euros* vient à Dunkerque. On tente notre chance ?

– On peut gagner combien ?

Il me jette un regard suspicieux.

– Tu planes ou quoi ? 1 000 euros ! C'est *Le Jeu des 1 000 euros*, tu gagnes 1 000 euros.

Il gratte une tache de peinture sur les poils de sa barbe, attrape sa radio pour augmenter le volume.

ANIMATEUR : *Chers amis, bonjour !*

PUBLIC : *Bonjour !*

ANIMATEUR : *Nous sommes à Fontcouverte, dans le département de l'Aude, en ce 23 février…*

C'est l'hiver le plus chaud de ma vie. Frankie et moi, on se retrouve le plus souvent possible, quand on n'a pas cours, quand nos parents ne sont pas là, à la pause déjeuner. Même pour trente secondes toutes les deux, on fonce chez l'une, chez l'autre.

Et quand je ne suis pas avec elle, pendant les cours, à table avec ma famille, ou même quand j'étripe des maquereaux au food-truck, sans crier gare un vidéo-projecteur s'allume derrière mes yeux et projette une image de nous deux : le corps de Frankie au-dessus du mien, ma main sur sa hanche nue, la peau de son cou contre ma bouche. Alors, un volcan gronde au fond de mon ventre, secoue ma poitrine, menace d'entrer en éruption.

Si je pouvais faire l'amour toute la journée, je le ferais.

– Véda !

– Quoi ? je sursaute.

Papa tire une chaise en face de moi et s'assied.

– C'était quoi la question ? je dis.

– Quel sculpteur, dans la mythologie grecque, tombe éperdument amoureux de la statue qu'il vient de confectionner ?

– Pygmalion !

– Pourquoi t'as pas répondu, alors ?

– J'ai pas entendu.

– Ça te dit qu'on s'inscrive ? propose papa.

– À quoi ?

– Véda, t'as fumé ? Tu fumes ? Tu peux me le dire. Regarde-moi.

Il prend mon menton dans sa main.

– T'as les yeux rouges. Tu te drogues ?

– J'suis fatiguée, c'est tout. Le food-truck, les cours…

– T'as combien, maintenant, dans ton enveloppe ?

– Quelle enveloppe ?

– Pour Lille.

– Comment tu sais pour mon enveloppe ?

– Une enveloppe bourrée de billets avec écrit « Bye bye Dunkerque » sur un bureau, ça se voit. Si on gagne au *Jeu des 1 000 euros*, tu pourras rajouter 500 euros.

– Pour Lille ?

– J'ai parlé avec Diane. Je suis d'accord. Si c'est vraiment ce que tu veux, et que t'arrives à trouver l'argent pour les frais d'inscription… Je te soutiens. C'est vraiment ce que tu veux ? J'ai fait mes comptes, je peux te donner 100 euros par mois. Et même, parfois, si je prends des chantiers en plus, je peux aller jusqu'à 200.

Je me force à sourire.

– Ce serait génial.

– T'as pas l'air contente.

– C'est que je sais plus si c'est Lille, que je veux.

Il fronce un sourcil.

– Et tu veux quoi ?

– Je crois que j'ai envie d'aller plus loin.

– Paris ? il fait, anxieux. C'est cher, hein !

– Non, mais je sais pas, Berlin, par exemple.

– Qu'est-ce que t'irais foutre à Berlin ?

– De l'allemand.

– Mais tu fais espagnol !

– Ou une école, un truc, c'est bien l'Europe ! Étudier à l'étranger, c'est bien. Et c'est pas cher Berlin.

– T'es dure à suivre, hein...

Je hausse les épaules.

– C'est pas facile de trouver ce qu'on veut être.

Il me regarde, inquiet.

– Va pas me faire une année sabbatique ou je sais pas quoi.

– Je vais faire des études. T'inquiète pas. Je vais trouver. On verra.

– Choisis quelque chose de sérieux. Financièrement, on se débrouillera.

Il tend les bras et me serre. Je reste une seconde dans son odeur de poussière et de copeaux. Ça fait longtemps qu'on ne s'est pas fait de câlins, c'est obtus, pointu, plein de coins et d'angles droits. Il doit le sentir aussi, il me serre encore un instant, puis me lâche.

– Ma grande girafe qui part de la maison.

Son regard se perd dans le vide.

– Ça va pas, papa ?

Il me fait un clin d'œil.

– T'inquiète.

– C'est Diane ?

Il souffle par le nez, avec un sourire. Hier soir, je les ai entendus s'engueuler dans leur chambre. Pas fort, pas longtemps, mais quand même. Et j'ai remarqué qu'ils n'écoutent plus leurs vieux disques, qu'ils ne cuisinent plus tous les deux, qu'ils ne font plus le marché ensemble le dimanche.

Des larmes apparaissent au fond de ses yeux bleus.

– Mais papa, dis-moi !

Il les essuie dans sa manche.

C'est la première fois que je le vois pleurer.

– Je l'agace, je crois. Le vélo, elle trouve ça con, mes copains elle les trouve lourds... Mes pantalons de couleur sont ridicules.

Je ne sais pas comment le réconforter. Je cherche une blague, un truc à dire. On entend souffler le chauffage électrique.

Il se reprend, frappe son établi d'une main.

– Allez, au boulot !

– Attends.

Un bloc-notes traîne sur le plan de travail. Je déchire la première page, pleine de cotes et de mesures. Je prends un crayon de menuisier, rouge et plat, j'écris « *Jeu des 1 000 euros.* Contrat entre Véda et... »

– Tu me prends pour un truand ?

– T'es prêt à tout pour ton vélo carbone.

Il attrape la feuille du contrat.

– Frankie ?

– Quoi, Frankie ?

– T'as écrit « Frankie ». « Contrat entre Véda et Frankie ». C'est qui, Frankie ? Quelqu'un de ton lycée ?

– C'est personne.

Mes joues s'enflamment. Vite, je prends le stylo, je barre. À la place de Frankie, j'écris « papa ».

– Allez, banco ma fille !

Il me pince la côte.

– Mais arrête ! Ça fait mal !

– T'as maigri, non ?

Normal, j'ai plus jamais faim. Frankie a fait une cabane dans mon estomac.

MARGUERITE DONNE-MOI TON CŒUR

Février, bientôt le Carnaval de Dunkerque. Un mercredi après-midi, dans le salon chez ma mère, Gabrielle braille et défile autour de Malik, Frankie et moi.

On s'est donné rendez-vous chez moi pour bosser un exposé sur l'*Iliade*. Maman en a profité pour me laisser ma sœur.

– Gabrielle, je dis. Tu peux aller chanter ailleurs, s'il te plaît ?

– *Marguerüiiiiite a répondu, si t'es sage, si t'es sage, Marguerite m'a répondu, si t'es sage, t'auras mon*[16]...

– Non, Gabrielle ! STOP !

– Au carnaval, on a le droit de dire tous les gros mots qu'on veut, elle rétorque.

– Ça a pas commencé, le carnaval.

– *WI-CHE, WI-CHE, WI-CHE, WI-CHE, VIENS JOUER AVEC MON WI-CHE*[17] !

– GABRIELLE, SORS !

– C'est quoi, « wiche » ? demande Frankie.

16. Carnaval de Dunkerque, « Marguerite ». DR.

17. Carnaval de Dunkerque, « Wiche, wiche ». DR.

Malik soupire.

– À ton avis ?

Il soupire encore.

– C'est tellement BEAUF, le carnaval…

J'adore le carnaval. Pendant trois mois, tous les week-ends, à tour de rôle dans toutes les villes et les villages autour de Dunkerque, les gens se déguisent et font la fête dans la rue, dans les maisons. Moi, je n'en fais qu'un, celui de Malo-les-Bains. J'adore remettre tous les ans ma vieille fourrure. J'adore mon père en perruque blonde, le visage tartiné de fond de teint. J'adore les chansons pleines de gros mots. Les gens qui rient, braillent, se bousculent, les confettis, les serpentins, l'immense géant de papier mâché qui guide le cortège, les tambours de la fanfare qui résonnent jusque dans mon ventre.

– Il se passe quoi pendant le carnaval ? veut savoir Frankie.

– Les mecs se déguisent en meufs, et les meufs se mettent en minijupes, explique Malik.

Avec Thelma, Suzie et Jasmine, en seconde, on a commencé à se déguiser en fées, avec des ailes irisées, des collants roses, des mini-jupes en tulle assorties.

J'espère que Frankie ne verra jamais les photos. C'est vraiment trop fille, trop ridicule.

– C'est une giga beuverie, continue Malik.

Moi, j'aime la foule qui déborde dans la rue, les fourrures, les boas en plumes fluo, les maquillages, les perruques.

– Ça pue la pisse, la bière, le vomi…, il poursuit.

J'aime que mon père et Diane fassent « chapelle » à la maison. Dans le langage des carnavaleux, ça veut dire ouvrir la maison, laisser tout le monde entrer dans la villa des Pingouins, servir la soupe à l'oignon à minuit…

– Tellement beauf, répète Malik. Ex æquo avec le Tour de France. Le summum de la beaufitude.

Une bouffée de honte et de chagrin me remplit. Papa adore le vélo, le Tour de France. Tous les étés, il passe deux heures par jour devant la télé. Il met même son maillot blanc à pois rouges.

Frankie regarde Malik, étonnée.

– Tu détestes vraiment !

Gabrielle réapparaît dans le salon avec sa petite enceinte rose. Elle a enfilé son costume de Spiderman.

– On va écouter les chansons du carnaval ! elle déclare.

Je me redresse, paniquée.

– Non !

Frankie lui fait signe d'approcher.

– En vrai, ça m'intéresse !

– Tu verras, c'est misogyne à mort… dit Malik.

Gab prend le vieil iPod de ma mère qui traîne sur la table basse.

– Maman a une playlist !

Frankie se tourne vers moi, amusée.

– Ta mère a une playlist ? Elle est fan ?

– On aime bien, oui. C'est une sorte de tradition…

Gabrielle pose la petite enceinte sur la table du salon. Des voix d'hommes, grasses et rauques, remplissent la pièce.

« *Si tu veux faire mon bonheur, Marguerite, Marguerite*

Si tu veux faire mon bonheur, Marguerite donne-moi ton coeur… »

– C'est mignon ! dit Frankie.

« *Marguerite a répondu, si t'es sage, si t'es sage*

Marguerite a répondu si t'es sage, t'auras mon… »

J'appuie sur « stop ».

Frankie éclate de rire.

– Je t'avais prévenue… soupire Malik.

J'ai trop honte.

– Bon, on arrête. C'est nul.

– Mais non, je veux connaître ! Pourquoi t'arrêtes ?

– Ça me met mal à l'aise, c'est tout.

Aussi mal à l'aise que si c'était moi qui les avais écrites, ces chansons.

Frankie me regarde, intriguée.

– Véda a un costume de fée, dit Gabrielle.

Je me sens rougir.

– De fée ? s'étonne Frankie.

– On était petites…

– C'était l'année dernière ! proteste Gabrielle Y a même eu une photo de vous dans *La Voix du Nord* !

– Ah oui ! Je me souviens, dit Malik. Une photo trop mim's. Au rigodon !

– C'est quoi, le rigodon ? demande Frankie.

– À la nuit tombée, la bande…

– C'est quoi, la bande ?

– Elle connaît rien, celle-là, soupire Gabrielle.

Je la fais taire d'un regard et j'explique à Frankie :

– C'est le nom qu'on donne à la parade. La fanfare joue de la musique, avance dans toute la ville, et les carnavaleux suivent pour le défilé.

– Des abrutis qui se bousculent jusqu'à s'étouffer.

Frankie donne un petit coup de coude à Malik.

– Je t'ai jamais vu autant énervé par quelque chose, toi !

Il hausse les épaules, une ombre passe dans ses yeux.

– Avant, j'aimais bien. Mais je me suis fait agresser, l'année dernière.

On se tourne toutes vers lui.

– Casser la gueule, quoi. Par un mec trop bourré.

Il déglutit. Le mauvais souvenir semble remplir tout son cerveau.

– Ça a commencé par un zôt'che...

Ma sœur mâchonne la manche de son pull, suspendue aux lèvres de Malik.

– Gabrielle, va ailleurs. Ça te regarde pas.

– Mais j'écoute pas !

– Sors quand même, c'est intime.

– Non.

– Sors, s'il te plaît, dit doucement Frankie.

Ma sœur se lève, quitte la pièce en grommelant :

– Vous êtes méchants...

Frankie attend qu'elle ait claqué la porte de la chambre. Elle pose la main sur le bras de Malik.

– C'est quoi, un « zôt'che » ?

– Un bisou sur la bouche, j'explique. Au carnaval, tout le monde s'en fait toute la journée. Les mecs, les filles, peu importe.

Malik hoche la tête.

– C'est LE moment où les mecs peuvent embrasser les mecs sans se faire insulter ou frapper. Moi, pour ça, j'adorais le carnaval. Une mini-jupe, une perruque, et hop, j'étais dans la rue, et j'embrassais des garçons. Tous les mecs réclamaient ; je pouvais embrasser tout le monde, mais je prenais que les plus beaux.

– C'est quoi, ton costume ? dit Frankie.

– Mini-jupe à paillettes, perruque. Tu verras, les mecs se déguisent presque tous comme ça. Bref. C'était au bal, et je ne sais pas comment, je me suis retrouvé au milieu d'un groupe. J'ai reconnu un type du lycée. Lui, il ne m'a pas reconnu.

– Quel type ? je demande.

Il sourit à demi.

– Tu veux vraiment savoir ?

– Léo ? j'avance, d'une petite voix.

Malik ajoute, le regard triste :

– Super bouche, très douce.

Je souffle un petit rire par le nez.

– C'est vrai.

– Il m'a fait un zôt'che, et ses copains m'ont reconnu. Ils ont commencé à se foutre de lui. « Pédé »,

« pédale », je vous laisse imaginer. Je me suis barré. Sauf que, plus tard, quand je rentrais chez moi, un mec m'est tombé dessus, complètement bourré. Il m'a jeté au sol, m'a filé un coup de poing, deux, je me souviens plus. J'ai jamais appris à me battre, je sais pas me défendre. Je me souviens juste m'être relevé et être rentré. J'ai rien voulu raconter à mes parents. Dans la nuit, je n'ai pas vu son visage, mais j'ai reconnu sa voix quand il a crié « tarlouze ! ».

J'ai un frisson glacé.

Frankie prend Malik dans ses bras.

– Merci de nous avoir fait confiance, je suis désolée que ça te soit arrivé.

– Moi aussi… je dis.

– T'as pensé à porter plainte ? demande Frankie, douce.

Il fait non de la tête.

– C'est trop galère, j'ai pas de preuves. Personne me croira. Et je l'ai embrassé. On considérera que c'est ma faute.

J'ai envie de tendre le bras, de lui toucher le genou, mais je n'ose pas. Je couine, d'une voix étranglée :

– Je ne savais pas. Si j'avais su qu'il avait fait quelque chose comme ça, je serais jamais sortie avec lui.

Frankie me sourit.

– On sait, Véda, t'inquiète pas.

Le son de l'enceinte de Gabrielle explose depuis sa chambre.

« *Elle a de grosses tototes ma tant' Charlotte*[18]... »

– GABRIELLE !

À travers ses larmes, Malik éclate de rire.

Ma sœur arrive en courant, une page de journal pliée en quatre à la main.

– J'ai retrouvé l'article !

Frankie déplie la feuille. Sur une photo, on nous voit, Thelma, Suzie et moi, assises sur la branche d'un arbre. La légende dit « Trois fées perchées ».

– C'est trop triste, soupire Malik. Elle était tellement gentille, cette fille.

C'est vrai. C'était la plus douce, la plus calme, la plus gentille.

– Bon, lance Frankie, cette année, j'organise un contre-carnaval.

– C'est quoi, un contre-carnaval ? demande Gabrielle.

– On regarde un film et on mange des *Currywurst* !

– Des quoi ? grimace Malik.

– Une spécialité de Berlin, vous verrez. Saucisse, sauce curry, régalade. Tu viens, Véda ?

– Je peux pas. J'ai promis à Thelma de faire le carnaval avec elle. C'est notre tradition...

18. Carnaval de Dunkerque, « Elle a de grosses tototes ». DR.

UN COSTUME À MA TAILLE

Chez mon père, en tailleur sur mon lit, Thelma se contorsionne pour enfiler ses ailes de fées, son bras passe mal dans la bretelle.

– Elles commencent à être vraiment trop petites, elle gémit.

Ses longues jambes s'étirent dans un collant rose.

Le sol est jonché de déguisements : tissus à strass, pantalons de pirate, boas à plumes. Je plonge le doigt dans un pot de paillettes violettes, les étale sur ma paupière. Jette un œil à mes ailes de fée, posées sur le terrarium de Beyoncé.

– Thelma ?

– Mmmh ?

– Ça t'embête si je change de costume cette année ?

Cinq minutes plus tard, je suis un corsaire.

– Magnifique, elle s'exclame. On dirait un pirate gay.

J'ai gardé mes paillettes violettes, les étoiles autour de mes yeux, enfilé le pantalon de corsaire, une chemise à jabot blanche, enserré le tout avec une grosse ceinture. Pour finir, j'ai dessiné une moustache au-dessus de ma bouche.

Ben ouvre la porte en grand. En slip, faux cils et perruque blonde.

– Elle est où, ma jupe ?

– Est-ce que je débarque en culotte dans ta piaule quand t'es avec tes potes ?

Il se tourne vers Thelma.

– Elle s'en fout. Pas vrai ?

Elle sourit, béate.

– Totalement.

Le regard de mon frère scanne mon costume.

– T'es super comme ça !

– Merci ! Allez, sors !

Je lui lance sa jupe en lycra rose.

Il l'attrape, claque la porte.

– Il est tellement beau... soupire Thelma. Je vais mourir.

Je lui tends mon portable.

– Tu peux me prendre en photo ?

Je pose les mains sur les hanches, lève le menton, fière.

Thelma me vise avec l'objectif.

– Ca-non ! elle s'exclame.

Elle me rend le téléphone. J'envoie la photo à Frankie.

Ding ! Sa réponse arrive tout de suite.

Sublime !

Je souris.

– C'est qui ? demande Thelma.

Je prends un air détaché.

– Juste Frankie.

– Pourquoi tu souris comme une débile ?

Je retiens les commissures de mes lèvres.

– Je souris pas.

– Tu la kiffes ou quoi ?

– Non, t'es ouf ! Pourquoi tu dis ça ?

– Bah je sais pas, t'es bizarre. Et vous trainez tout le temps ensemble.

– C'est mon amie, c'est tout.

Elle me regarde droit dans les yeux, l'air triste.

– Et moi, je suis encore ton amie ?

– Bien sûr.

– Et la coloc, à Lille ? elle dit d'une petite voix. T'as toujours envie ?

– Oui, je mens.

– T'es sûre ? elle insiste.

Je me force à sourire.

– Certaine de chez certaine.

– Trop bien. J'ai trouvé des coussins ultra stylés ! Rose et vert. Ils sont tuftés. Tu vois ce que c'est ?

– Tu vas me montrer !

Elle se penche et m'embrasse sur la joue.

– Je t'aime, elle dit.

– Moi aussi.

Et c'est vrai, je le pense. Je l'aime. Je me sens bien avec elle. Je veux qu'elle soit heureuse. Mais il y a

Frankie, et mon secret, qui gonfle, enfle, prend trop de place entre elle et moi. J'ai envie de lui dire, c'est là, au bout de mes dents, mais ça ne veut pas sortir de ma bouche.

LA FRITE, C'EST LA FÊTE !

Un soleil bleu et froid frappe le sable et la mer grise. Des carnavaleux sont assis çà et là sur la plage comme des taches de couleur.

Thelma et moi, on marche au milieu de la digue. Des plumes de boa, violettes, roses, bleu fluo, volent sur le béton. Bras dessus, bras dessous, on se serre l'une contre l'autre pour se tenir chaud. Avec mon tricorne et ma veste de corsaire, je me tiens droite, très droite.

– Tu penses pas trop à Léo ? demande Thelma.

– Loin des yeux, loin du cœur.

Elle serre mon bras plus fort.

– Je t'admire. T'es trop forte. À ta place, j'aurais déprimé, grave. Je suis trop contente qu'on fasse le carnaval toutes les deux. Comme avant. Enfin presque.

Avant, on était quatre. Jasmine, Thelma, Suzie, Véda. On n'est plus que deux.

Thelma défait notre étreinte, ramasse une trompette en plastique qui traîne sur le sol.

– Tu veux pas qu'on propose à Jasmine de nous rejoindre ?

Elle fait tourner la trompette autour de son index, la pose sur un banc.

– Elle est toute seule. Tu lui manques, tu sais. Elle se sent super mal.

Ma mâchoire se crispe.

– Je m'en fous. Je veux plus entendre parler d'elle. Et de Léo non plus. En plus, j'ai appris un truc horrible à son sujet. Vraiment grave.

Elle s'arrête, le visage inquiet.

– Quoi ?

– Tu vois Malik ? Dans ma classe ?

Elle approuve d'un coup de tête impatient.

– Léo lui a cassé la gueule l'année dernière, la nuit du carnaval.

– N'importe quoi.

On croise un type avec une énorme capuche de lion en peluche sur la tête. Il titube.

– Si, Thelma, je te jure. Il l'a embrassé au bal et quand Léo a capté que c'était lui, il a pété un câble.

– Il ferait jamais un truc pareil.

Au fond de ses yeux, je vois qu'elle sait que si. Léo ferait un truc pareil.

Elle reprend sa marche.

– J'suis sûre que c'est faux.

Après un silence, elle ajoute :

– Y a pas de preuve. Ou alors Malik a dû le chercher, c'était une bagarre.

Je hausse les épaules, chasse la colère qui monte dans ma poitrine. Je ne veux pas me fâcher avec Thelma.

Je la tire par le bras, montre la baraque à frites.

– J'ai faim !

Assises sur le sable froid, on regarde au loin. Le gros cornet de frites réchauffe mes doigts. Sur le papier, c'est écrit « La Frite c'est la Fête », au-dessus d'une otarie bleue hilare, qui ouvre grand les nageoires.

– Tu vas aller à la chapelle des voileux, ce soir ? je demande.

Tous les ans, pour le carnaval, la base de voile organise une grande fête avec tous les adhérents. Une fête qui dure jusqu'au matin, avec *open bar* de champagne. Il faut avoir un bracelet et un mot de passe pour entrer.

– Non, répond Thelma. Je reste avec toi. Je veux qu'on soit ensemble pour l'*Hymne à Jean Bart*. Dans l'arbre. Comme avant.

Elle mordille son pouce. Sa voix se casse dans sa gorge.

– Suzie me manque.

Je ne sais pas comment la consoler. Je prends une poignée de sable. La fait couler sur mon pantalon de corsaire.

– Tu crois qu'on aurait pu la sauver ? elle dit. Qu'on aurait pu l'empêcher de sauter ?

Mon cœur se serre. Cette question, elle a tourné en boucle dans ma tête pendant des mois. Est-ce que j'aurais pu la sauver ? Qu'est-ce que j'aurais dû faire pour la sauver ? Est-ce qu'elle voulait que je la sauve ?

Peut-être.

La dernière à avoir vu Suzie, c'est moi. On était au foyer des élèves, toutes les deux, à l'heure du déjeuner. D'habitude, on mangeait à la cafèt avec Thelma et Jasmine. Mais ce jour-là, Suzie voulait rentrer chez elle.

Sur la digue, une chanson de carnaval sort des haut-parleurs d'un bar.

« *L'amour, c'est comm' de la salade,*

Ça rend les gens bien malades[19]... »

On entend les tambours, les fifres, on se retourne. La bande arrive au bout de la rue.

Thelma se lève, me tend les deux mains.

– On y va ?

19. Carnaval de Dunkerque, « L'amour c'est comm' de la salade ». DR.

RIGODON

C'est la nuit place Jean-Bart. L'heure du rigodon final. Toute la journée, on a bu dans les bars bondés, on a couru dans la rue, on a ri dans les confettis. On n'a croisé ni Jasmine, ni Léo, ni Sacha. On n'a plus mentionné Suzie.

« Tu te rends compte que c'est peut-être la dernière fois qu'on fait le carnaval toutes les deux ? » m'a dit Thelma.

Maintenant, le froid et l'obscurité sont tombés. Un brouillard de buée flotte au-dessus du kiosque et de la statue de Jean Bart. La foule compacte tourne autour de la statue du corsaire, danse, piétine, bras dessus, bras dessous, chante, s'écrase, chahute, brandit de hauts parapluies multicolores, des plumeaux arc-en-ciel.

– On y va ? demande Thelma.

– OK !

On s'enfonce dans la foule, creuse notre place entre une femme au maquillage de chat et un homme en sirène, aux longs cheveux roux. On a chaud, serrées entre les fourrures qui sentent la bière tiède et le parfum de femme dont s'aspergent les hommes pour l'occasion. Au-dessus de ma tête balance un chapeau cousu de plumes et de fleurs, orné d'un petit ourson en peluche. On chante tous ensemble :

« On dit qu'Dunkerque est mort, mironton, mironton mirontaine[20] *! »*

Je me sens bien.

Ces chansons, même si je voulais arrêter de les aimer et les oublier pour plaire à Frankie, je ne pourrais pas. Les paroles se déroulent toutes seules dans ma tête.

Mon téléphone vibre dans la poche de ma fourrure. Je l'extirpe, jette un œil.

Frankie

Anita m'a donné trois places pour le bal de ce soir. J'ai réussi à chauffer Malik. On va faire la fête ! Ça te dit ? On est devant !

J'ai 1 % de batterie et Malik a pété son tel. Décide-toi ! Sinon, on pourra plus se rejoindre ! Viens !

– Lâche ton portable ! dit Thelma. Profite, un peu !

20. Carnaval de Dunkerque, « On dit qu'Dunkerque est mort ». DR.

Frankie, seule dans un bal du carnaval. Elle va danser avec toutes les filles, les embrasser.

Les tambours accélèrent, la chanson aussi, les rangs se resserrent. Thelma essaie de s'agripper un peu plus à mon bras, la foule nous écarte l'une de l'autre.

Je la lâche, je recule, me laisse happer par la foule ; je vois Thelma me chercher, tourner la tête dans tous les sens, paniquée.

Thelma à Véda
T'es où ? Ça va ?

Véda
Je me suis fait embarquer par la foule.
Je crois que je vais rentrer,
je me sens pas bien ! Dsl ma loute

Thelma
Mais non, j'arrive !

Véda
Profite du rigodon. T'inquiète.
Je rentre chez mon père

Thelma
Mais ça va ???

Véda
Va à la chapelle de la base de voile !

T'inquiète pas pour moi

Thelma
T'es sûre ? Je culpabilise

Véda
Promis

***

Frankie à Véda
Alors ?

Véda
J'arrive !

SORS !

C'est l'aube. À la villa des Pingouins, tout le monde dort. Des plumes, des confettis et des serpentins jonchent les marches des escaliers. Je monte à pas de loup, Frankie derrière moi. La bière colle sous nos chaussettes. Papa et Diane ont fait « chapelle » : ils ont ouvert leur porte et leur frigo aux carnavaleux, ils ont fait la fête toute la journée et toute la soirée. Ça sent la soupe à l'oignon partout dans la maison. À l'étage, on aperçoit Ben dans sa chambre. Il ronfle, étalé en mini-jupe sur son lit.

Je pousse ma porte. On enjambe les boas, vestes et palettes de maquillage ouvertes sur le sol. Frankie trébuche, tombe sur le lit, moi aussi. Sur sa branche, Beyoncé se réveille, son regard vitreux devient vif, sa tête se tourne vers nous. Elle ne dit rien. Ne bouge pas d'une écaille. Je jette un drap sur son terrarium. Je respecte sa pudeur.

– J'ai trop bu...

– Moi aussi, rit Frankie.

On s'embrasse, je ris sur ses dents, sa bouche. J'enlève mon tee-shirt. Tout tourne autour de moi, je vois deux Frankie, presque trois. Je me sens lourde, épuisée. Je l'embrasse encore, mes paupières se ferment. Elle me mordille le lobe de l'oreille.

– Tu t'endors ?

Je sursaute.

– Mais non !

Elle sourit.

– Tu t'endors.

Elle tourne mon corps, dos contre elle, colle sa peau contre la mienne. Soulève mes cheveux, embrasse ma nuque.

– Dors.

Je me réveille en sursaut. Il fait jour. Loin dans un rêve, j'ai entendu frapper deux coups.

– Véda ! Je peux entrer ?

Ben.

Je me redresse.

– Non ! Pas tout de suite ! je crie.

Ma voix a gargouillé au fond de ma gorge.

Frankie ouvre un œil, grimace, éblouie par un rayon de soleil.

– On s'est endormies ! je chuchote. C'est mon frère !

La poignée tourne. Frankie se planque sous la couette.

Elle s'aplatit, immobile comme dans un sarcophage.

Ben entre en secouant un sachet de boulangerie. Pose un café sur ma table de nuit.

– Petit déj !

Il a encore des paillettes plein le visage.

Les yeux fermés, je prends une voix endormie.

– Je dors... Laisse-moi.

Il s'assied au bord du lit.

– J'ai fait au moins soixante-douze zôt'ches. Dont cinq à des mecs !

– BENJAMIN ! BOUGE !

– Mon avis : eh bah, ça pique. Les filles, c'est mieux. À ta place, j'essaierais les filles.

Je sens le souffle de Frankie sur la peau de ma hanche.

– Sors, Ben. Je rigole pas. Je veux dormir.

Il jette un œil intrigué au drap sur la cage de Beyoncé. Le tire d'un coup sec.

Mon lézard me fusille du regard.

Ça fait des heures que je suis réveillée ! Que j'attends dans le noir !

Ben prend un air offusqué.

– Je suis là, ton frère adoré, je t'apporte un café, on s'est pas vus depuis des mois, c'est comme ça que tu me reçois ?

Il sourit.

– Ça rime !

Il se jette en arrière. Écrase Frankie. Elle gémit. Il se redresse d'un coup.

– Putain ! il crie.

Frankie se dresse, seins nus, la couverture sur le ventre.

– Pardon ! dit Ben, catastrophé.

Ses yeux se posent une seconde sur les seins de Frankie, se collent au plafond, paniqués. Il s'éloigne à reculons, les yeux en l'air. Il marche sur un sabre en plastique. Étouffe un cri de douleur, attrape son talon.

– Je dirai rien. Rien du tout !

Il ferme la porte. J'enfonce la tête dans mon oreiller.

– Fait chieeeeeeeeeeer !!!

Je me recroqueville, mon matelas se transforme en sables mouvants. M'engloutit.

Ben sait.

Ben ne va plus m'aimer.

Frankie pose la main à plat sur mon dos.

– Ça va aller.

– Non, je suis sûre que non, je gémis.

Elle embrasse mes cheveux.

– Il t'adore, ça se voit.

Je la regarde entre mes doigts.

– Tu crois ?

Elle attrape la tasse de café sur la table de nuit, me sourit.

– Je ne vois pas comment il ne pourrait pas t'adorer.

TÉLÉPHONE DE VÉDA

Ben

Ça va ? Je t'ai pas recroisée aujourd'hui.
Je suis parti au skatepark, j'ai pris
mon train pour Bruxelles

Véda

Oui, t'inquiète. Je suis dsl pour ce matin.
Je pensais pas que tu verrais Frankie

Ben

Pas de pb, tu fais ce que tu veux, tu pourrais
sortir avec un criquet, je m'en foutrais

Véda

Un criquet ??

Ben

L'insecte, tu sais, l'espèce de sauterelle
que tu donnes à bouffer à Beyoncé

Véda
T'es dingue. Dis rien aux parents, stp

Ben
Ils s'en foutent, les parents, ce qui les intéresse,
c'est Parcoursup,
Tes études
Ton avenir
Ta voie

Véda
Parle pas de malheur...

Ben
Allez, tu vas trouver

Véda
Merci

Ben
Au fait, elle est grave belle. J'adore ses cheveux

Véda
Chut

LE SALON DE L'ÉTUDIANT

« Trouve ta voie ! » C'est ce que nous crient les panneaux d'accueil du salon de l'Étudiant. Le lycée a organisé un aller-retour en train à Lille pour les terminales. Une fille avec un tee-shirt rouge « BONJOUR » nous a accueillis dans l'immense forum. Je suis Thelma entre les stands. Malik et Frankie sont restés dans le hall, sous un érable en plastique, affalés dans les canapés, à côté des distributeurs d'eau glacé. Frankie sait qu'elle ira à Berlin, dans une école de danse. Malik a juste la flemme. « Trop de bruit, trop de transpi, trop de lumière. »

Il a raison. Tout m'étouffe. Le brouhaha, les néons blancs, la moiteur, si épaisse que j'ai la sensation d'avaler une gorgée de sueur à chaque inspiration. Nos pieds s'enfoncent dans une moquette grise. Une vingtaine de personnes font la queue devant un stand « flash coaching (durée : quinze minutes) ».

Thelma se retourne.

– Allez, dépêche !

Les pans de sa chemise flottent dans son dos. Elle semble voler au-dessus du tapis rouge qui trace comme un chemin jusqu'au stand de la Catho.

Je ne pense qu'à Frankie, qui attend à l'entrée. Le corps ici, le cœur à Berlin.

– Là-bas ! crie Thelma.

Deux filles en sweat « UCL » alignent des roulés-saucisse et des parts de cake dans des assiettes en carton. Elles portent le même jean large, ont les mêmes cheveux longs, rient du même rire, en même temps. Leurs prénoms sont épinglés sur leurs pulls.

– Quelle filière t'intéresse ? me demande Candice.

Son rouge à lèvres est très, très rouge.

– Médias, culture et communication, répond Thelma, à ma place.

– Ou lettres, je précise.

Le visage de Candice s'illumine.

– MCC ! Ma filière. La meilleure.

Elle me tend une brochure. Sur la photo, le campus de la Catho : un château posé au milieu d'un carré d'herbe vert fluo.

– À part les cours d'histoire de l'art, qui sont chiants… on s'amuse trop ! C'est ultra professionnalisant. Cette année, on organise un défilé de mode, on a plein de stages. Bon, moi j'avoue c'est facile, je vais faire mon stage avec ma mère, elle est styliste.

Mon oreille droite capte des bribes de la discussion de Thelma avec l'autre fille. J'entends que la cafèt est dégueulasse, mais que tout le monde déj' au café du coin, croque-monsieur, omelette... Le week-end d'intégration dans un champ, alcool à volonté, 250 euros les trois jours.

– Tu veux faire quoi, toi, après ? poursuit Candice. Journaliste ? Travailler dans l'événementiel ?

– Je ne sais pas encore. Je verrai.

– On a aussi des échanges universitaires, si tu veux faire une année à l'étranger. Espagne, Angleterre... Mais aussi States, Canada !

– Il y a l'Allemagne ? Berlin ?

– Je crois pas. Peut-être.

Elle se tourne vers sa copine, interrompt la conversation.

– Tu sais si on propose un échange à Berlin ?

La fille gonfle une joue :

– Aucune idée.

– Pourquoi Berlin ? demande Thelma.

Je hausse les épaules.

– Comme ça.

Je retourne la brochure, pose les yeux sur le tableau « SCOLARITÉ ». Glisse le doigt jusqu'à la dernière ligne du tableau. Là où c'est écrit « Revenu de la famille inférieur à 50 000 euros ».

– Le moins cher, c'est 5 535 euros l'année, dit Candice avec un sourire.

– OK.

Elle pose un œil sur la manche mordillée de mon sweat.

– On a un dispositif pour les étudiants précaires,

elle ajoute. Y a des collectes de stylos, de cahiers, de livres… de nourriture aussi.

À côté de moi, la fille récite à Thelma comment ça sera, la vie à la Catho. « En médecine, on est tous solidaires… Et le bureau des élèves est top… on a des soirées à thème… les régates du club de voile… »

Je jette un œil à mes notifications.

Frankie
T'es où ? Viens au stand B24 allée 2 !

Véda
C'est quoi ?

Frankie
Surprise

Candice se tourne vers un nouveau venu, un garçon immense, l'air timide.

– Salut ! Quelle filière t'intéresse ?

Je me penche à l'oreille de Thelma.

– Je vais faire un tour !

Elle sourit, radieuse, déjà étudiante à l'Université catholique de Lille.

– À tout à l'heure !

Je me fraie un chemin dans la foule, croise le stand des pompiers – une fille pose, un énorme casque argenté sur la tête.

Un pompier la prend en photo.

– Montre tes muscles !

La fille gonfle un biceps. Son appareil dentaire clignote sous le néon.

Malik et Frankie m'attendent devant le stand de la Marine nationale. Le ventre de Malik est énorme sous son sweat Carhartt. Je le montre du doigt.

– C'est quoi ?

Il baisse la voix.

– Ils distribuent des Pitch au stand de Sciences Po.

Il tire sur son col, pour que je regarde. Je me hisse sur la pointe des pieds. Sous son pull, des dizaines de brioches sous plastique. Frankie roule les yeux.

– Il y est retourné quinze fois ! Bon. À toi, maintenant ! Marine nationale, mon capitaine.

– Je ne veux pas faire l'armée !

– C'est juste pour rire ! insiste Frankie.

Elle passe son bras autour de mon épaule, m'amène devant une fille blonde en tenue d'officier. Chignon blond serré, casquette bleu foncé.

– Mon amoureuse veut s'engager dans la Marine, déclare Frankie, l'air sérieux.

Mon amoureuse.

Mon amoureuse.

Mon amoureuse.

La fille nous adresse un grand sourire.

– Génial !

– Qu'est-ce qu'il faut faire ? demande Frankie.

– À partir de seize ans, vous pouvez tenter l'École des mousses. Ça, c'est si vous n'êtes pas très bonne en cours, si vous ne savez pas quoi faire...

– C'est pas pour Véda. Elle a 18 de moyenne.

La militaire lève les deux sourcils, impressionnée.

– Alors l'École navale pour devenir officière ! Ça vous emmène sur du commandement d'unité. Pour ça, il faut commencer par une prépa scientifique.

– Je suis nulle en maths, je précise.

– Pas de souci ! elle s'exclame. On peut devenir officière avec d'autres filières à bac + 3 ou + 5. Moi, j'ai fait philo !

– Et c'est pour naviguer ? la coupe Frankie.

– Si on en a envie, on peut partir des mois entiers !

– T'imagines, le rêve ? me dit Frankie.

Mon cœur se serre. Frankie veut que je parte des mois en mer.

L'officière se tourne vers moi. Elle a les yeux remplis de lagons et de Tahiti.

– T'aimes l'aventure ?

– Bah, ça dépend...

– Tu peux faire lutte narcotrafic, lutte contre la piraterie, lutte anti-sous-marine...

Frankie pousse un soupir d'admiration.

– Voilà la plaquette, ajoute la fille. Regarde, tout est écrit !

– Merci, je dis.

– Avec plaisir ! Vous voulez des petits pompons ?

Elle nous donne à chacune un pompon rouge avec un ruban blanc « Marine nationale ». Frankie me l'épingle sur le cœur. Elle recule d'un pas.

– Trop classe.

On s'éloigne du stand. Je garde le silence.

– Ça va pas ? s'inquiète Frankie.

Je hausse les épaules.

– Véda, c'était marrant, non ?

Elle m'embrasse sur la joue.

– En vrai, tu pourrais le faire. Ça a l'air génial.

Une brindille se casse dans mon cœur. Frankie me prend le bras.

– Allez, qu'est-ce qu'il y a ? Je t'ai mise mal à l'aise ?

– Y a rien, je réponds, sèche.

Malik débarque.

– Tu veux un Pitch ?

– Non.

Frankie lâche mon bras.

– Bon. Fais la gueule si tu veux.

Je ne veux pas, mais c'est plus fort que moi.

On sort du bâtiment. À côté des filles en tee-shirt « BONJOUR », une borne « Votre expérience au salon a-t-elle été agréable ? ».

Oui, smiley vert. Non, smiley rouge.

Je laisse Frankie et Malik me dépasser. J'appuie sur le smiley rouge.

TU VEUX UN PITCH ?

Les terminales du lycée remplissent un wagon entier du train Lille-Dunkerque. Malik montre les tissus des sièges.

– Vous savez pourquoi ils choisissent des motifs psychédéliques ? C'est pour cacher la crasse, la bave, le sang et le sperme.

J'ai envie de vomir.

Il étale sa veste en cuir sur son fauteuil avant de s'asseoir. Thelma est à l'autre extrémité du wagon, avec Sacha et Jasmine. Je lui fais un petit signe, elle dessine un cœur avec ses doigts.

Les éoliennes défilent.

Assise à côté de Frankie, dans un carré, je regarde l'écran de son portable. Les stories Instagram défilent sous son pouce : des photos de drag-kings, de fêtes à Berlin. Elle like tout. Écris des commentaires « *miss you*[21] », « *see you sooooon*[22] », « *SLAY* », « *can't wait to*

21. « Tu me manques. »
22. « On se voit bientôt. »

perform again[23] ». En face de nous, Malik joue à un jeu sur son portable.

– Je peux ?

C'est Thelma, les joues rouges, les cheveux ébouriffés.

Malik enlève son sac du siège. Elle s'écroule à côté de lui et soupire, rêveuse.

– C'était trop bien… ce salon. J'ai hâte d'être à l'année prochaine.

– Tu veux un Pitch ? lui propose Malik.

– Grave !

Il ouvre le col de son pull, penche le torse vers elle.

– Sers-toi.

Thelma éclate de rire. Plonge la main dans le pull.

– T'en veux un aussi ?

– J'aime pas ça, dit Malik.

Elle arrache un morceau de brioche au chocolat, le picore du bout des dents.

Elle me sourit.

– Alors, la Catho ? C'est stylé, non ?

Ma mâchoire se crispe. *C'est cher, Thelma. Trop cher pour moi. Quand est-ce que tu comprendras ça ?*

Elle pose son téléphone sur la tablette du carré. À l'écran, une mosaïque d'objets design.

– Ma mère m'a filé une enveloppe pour meubler la coloc !

---

23. « Hâte de performer à nouveau. »

Elle fait défiler les meubles, les assiettes, les pots à crayon, arrête son doigt sur un grand miroir rose aux bords ondulés.

– Tu penses quoi de ce miroir ? C'est le même que chez Léna Situations. On pourrait aussi s'acheter un vidéo-proj'. Vous pourriez tous venir chez nous, elle dit à Frankie et Malik. On ferait des soirées cinéma. Hein, Véda ?

– *Yes*... je réponds, du bout des lèvres.

– Tu fais la gueule ou quoi ?

Thelma s'adresse à Frankie comme si je n'étais pas là :

– Elle fait la gueule ?

Frankie hausse les épaules.

Soudain, Malik fait un bond, pousse un petit cri.

– On est sur l'Instagram de la ville !

Il nous montre l'écran de son portable.

Je me fige. C'est une photo de Frankie, Malik et moi au carnaval. Frankie, Malik et moi, en pirates. Attablés au bar, la nuit du bal des Corsaires. La nuit où j'ai abandonné Thelma.

Cette dernière me dévisage.

– T'as été au bal ?

Je fais non de la tête.

Puis oui.

Puis non.

Il y a des moments comme ça, on devrait pouvoir les mettre sur pause pour avoir le temps de trouver exactement ce qu'il faut dire.

Malik s'enfonce dans son fauteuil.

– *Oh shit*[24]...

Thelma me fixe, incrédule, comme si elle ne me reconnaissait pas.

– Tu m'as plantée pour le bal ?

Malik lui tend une brioche.

– Tu veux un autre Pitch ?

Elle repousse sa main. Penaud, il rabat la capuche de son sweat, la tire sur son nez. Thelma secoue la tête, des larmes plein les yeux.

– J'étais seule au moment de l'*Hymne à Jean Bart*.

Elle lance à Frankie :

– Tu sais, ça, qu'elle m'a plantée ? Elle m'a dit qu'elle se sentait mal... Qu'elle allait rentrer chez elle.

Je me redresse.

– Arrête Thelma ! C'est pas grave !

– J'étais toute seule.

Sa voix se fait toute petite.

– Justement cette année ! elle gémit. La première année sans Suzie.

Je me raidis.

– Je pensais pas que c'était si important pour toi.

Je sais pourtant, que c'était important pour elle. Je sais que je n'aurais pas dû. Je sais que c'est ma faute, si elle est triste comme ça. Mais qu'est-ce que je devrais lui dire ? Que je voulais rejoindre Frankie ? Que c'était plus important pour moi, à ce moment-là ? Plus important qu'elle ? Parce que je suis amoureuse d'une fille. De Frankie. Je devais la rejoindre. J'avais pas le choix.

---

24. « Oh merde... »

Thelma essuie son nez et ses yeux dans la manche de son pull.

– T'es une putain d'égoïste.

– J'ai juste été au bal ! J'avais envie d'y aller ! C'est pas un drame !

Elle soulève l'accoudoir, se lève.

– Tu sais ce que j'ai fait, après ? Je suis rentrée chez moi. J'ai passé la soirée à pleurer dans mon lit. À cause de toi.

– Ça va, Thelma. Je suis pas ton mec.

Je voudrais faire marche arrière, aspirer ces mots, qu'ils retournent dans ma bouche et y restent. Mais je les répète :

– Je suis pas ton mec. Je te dois rien. Et c'est pas moi qui suis égoïste. Tu vois même pas que j'ai pas la thune pour Lille. Tu me parles que de la déco que va t'offrir ta mère, alors que moi, je sais pas comment je vais bouffer l'année prochaine. J'ai même plus envie de la faire, cette coloc.

Elle recule d'un pas. Secoue la tête, dépitée.

– T'as trop changé.

Retourne s'asseoir au fond du wagon.

Frankie et Malik, écrasés dans leurs fauteuils, me regardent par-dessus leurs portables, sourcils hauts, en attente.

– Quoi ? Vous aussi, vous pensez comme elle ? Que je suis égoïste ?

– On a rien dit, répond Frankie.

– Mais vous le pensez ?

Frankie hausse les épaules, se renfrogne.

– Tu fais la gueule depuis qu'on est sortis du salon, et tu veux pas nous dire pourquoi.

– Je fais pas la gueule.

– Elle comprendrait mieux si tu lui disais qu'on est ensemble, elle ajoute. C'est tout.

Un rideau de fer tombe dans mon crâne. Les pensées grondent sous mes tempes. *Parce que c'est si facile, pour toi, de crier sur tous les toits « je suis lesbienne », je devrais mettre un badge sur ma trousse, moi aussi ? Des tee-shirts avec écrit « GOUINE » ? Alors que tu te casses, que tu t'en vas, que tu m'incites à partir avec la Marine nationale ? Que ne pas me voir pendant des mois, ça te fait rien ?*

Mais je me tais. Je change de place. J'enfonce mes écouteurs dans mes oreilles, lance une chanson de Billie.

« *I love you, I love you, and I don't want to*[25]... »

25. « Je t'aime, je t'aime, et je n'en ai pas envie », Billie Eilish – O'Connell, F., O'Connell, B. (2019). « i love you ». Dans *WHEN WE ALL FALL ASLEEP, WHERE DO WE GO?* Darkroom/Interscope Records.

BAH RESPIRE !

Ce soir, je suis chez mon père. La maison tout entière dort, mais pas moi. Frankie ne m'a pas envoyé un seul message.

Le reste du trajet en train, j'ai espéré que Frankie s'assiérait à côté de moi, me réconforterait, me dirait que tout va bien, *bien sûr que non, je ne veux pas que tu deviennes marin, bien sûr que non, ça n'est pas de ta faute, si Thelma s'est énervée*. J'avais envie qu'elle me prenne dans ses bras, qu'elle me caresse, me console.

Mais elle est restée à sa place. Elle a joué aux cartes avec Malik. Quand nos yeux se sont croisés, j'avais envie de sourire, mais j'ai durci les sourcils. *Je te déteste*, j'ai pensé. *Je te hais.*

À l'arrivée en gare de Dunkerque, j'étais enfermée au fond de mon cerveau comme dans un coffre-fort. Je me suis levée avant l'arrêt complet du train. Droite, haute, je suis passée devant Malik et Frankie, en les ignorant. J'ai senti sur moi le regard médusé de Frankie. *Bien fait*, j'ai pensé. Je voulais leur montrer. Leur montrer que j'étais en colère.

Maintenant, c'est la nuit, et je n'arrive pas à dormir. Maintenant, c'est à moi que j'en veux. Je pensais qu'elle m'écrirait. Je pensais recevoir « désolée » ou « ça va ? ». Mais mon téléphone est silencieux.

Très bien.

Je regarde mes livres, alignés sur l'étagère de ma chambre. *Les Secrets de la mer*, *Légendes de l'océan*, *Du vent dans les rêves*...

Elle veut que je parte, Frankie ? Je vais partir. Embarquer sur un bateau. Je ne donnerai de nouvelles à personne. Je me cacherai dans la cale, avec mon enveloppe de billets, et je ne reviendrai jamais. Peut-être même qu'on fera naufrage.

De toute façon, tout le monde s'en fout.

Crr-crr-crr moi, je ne m'en fous pas ! Tu m'embarques ?

Beyoncé m'interroge depuis sa branche.

– T'aimes pas l'eau. À quoi tu me serviras sur un bateau ? J'aurai pas que ça à faire, de m'occuper de toi ! Qu'est-ce que tu crois ?

Elle s'affaisse sur ses pattes avant. Tourne la tête, déprimée.

Je m'approche du terrarium, m'accroupis, plonge la main pour attraper mon dragon.

Beyoncé se laisse faire. S'enroule autour de mon poignet.

– Désolée, je murmure. C'est pas ta faute. C'est juste que tout est compliqué. L'amour, c'est trop compliqué. Frankie, je crois qu'elle n'est pas amoureuse de moi. Je crois que je suis juste un passe-temps pour elle. Elle va repartir à Berlin, m'oublier. Et moi, je vais devenir quoi ?

Crr-crr qu'est-ce que tu en sais, qu'elle va t'oublier ? Elle te l'a dit ?

– Je le sais, c'est tout. J'ai été horrible.

Si elle te l'a pas dit, c'est que c'est dans ta tête. Envoie-lui un message, si tu es si inquiète ! Excuse-toi.

– Elle répondra pas, et je me sentirai encore plus mal.

Ça, c'était avec Léo. Frankie n'est pas comme ça. Frankie te répondra.

– Tu crois ?

Une heure plus tard, dans la nuit, en pyjama sous ma parka, je grelotte devant *L'Espadon rieur*. Sur la vitrine, l'affichette « Loue sous-sol » est à moitié décollée par la pluie. J'appuie sur les coins pour qu'elle reste bien en place.

Frankie m'ouvre la porte, centimètre par centimètre, pour éviter que le bois couine.

Elle apparaît dans un grand pyjama à carreaux. Le tissu semble doux.

– Anita dort, elle chuchote. Pas de bruit !

Elle referme derrière moi et m'entraîne vers la porte de service.

Dans sa chambre, je ne prononce pas un mot. J'enlève mon pull, mon jean. Elle m'entraîne sur son lit, s'allonge sur moi, m'embrasse.

– Faut que je sois rentrée avant 6 heures du matin, je dis.

Elle hoche la tête.

– J'ai mis un réveil.

– Je pensais que tu répondrais pas à mon message. Je pensais que tu me trouvais nulle.

– Je t'ai trouvée nulle.

Quelque chose se bloque dans mon cœur.

Elle caresse ma joue.

– Ça arrive, d'être nulle.

Je ne bouge pas. Elle tend le bras pour éteindre la lumière.

– J'avais plus envie de t'embrasser que de continuer à te trouver nulle.

Je relâche mon souffle, tout mon corps se détend.

Son visage est suspendu au-dessus du mien.

– Pourquoi tu faisais la gueule ?

– Je faisais pas la…

Elle plaque la main sur ma bouche.

– Tu faisais la gueule.

Je souris sous sa main, pointe la langue pour lui lécher la paume.

– Alors ? elle insiste. Pourquoi ?

Elle libère ma bouche.

– Tu t'en fous que je parte faire le tour du monde en bateau.

Elle soupire.

– C'était un jeu, Véda.

– Mais tu vas partir, toi. On va faire comment, l'année prochaine ?

– Tu viendras, je viendrai. On s'appellera. L'année prochaine, c'est l'année prochaine !

Dans mon cerveau, un chahut de questions. *Je vais te manquer ? T'as pas peur, de cette distance ? T'en penses quoi ? Tu t'en fous, c'est ça ? On profite et on verra ?*

– Je suis amoureuse de toi, Véda.

Mes yeux, ma poitrine, mes poumons, tout s'écarquille. Je retiens mon souffle. Quoi ?

Elle pouffe de rire.

– Bah respire !

Immobile, je souffle, doucement, goutte d'air après goutte d'air.

– Je t'aime, elle répète.

Je passe mes bras dans son dos, serre son corps contre le mien, ses seins appuient sur les miens. Je soupire. J'embrasse ses cheveux, je les avale. Ses dents tintent contre ma boucle d'oreille, sa cuisse s'enfonce entre les miennes.

Elle m'aime,
elle m'aime,
elle m'aime.

J'entends presque Beyoncé chuchoter :
Tu vois, c'est pas toujours compliqué, l'amour.

L'AMOUR DE MA VIE

Les semaines filent à toute vitesse. Au lycée, quand je croise Thelma, je détourne le regard. Elle aussi. Ça m'arrange, au fond. Je peux passer tout mon temps avec Frankie, avec Malik.

Souvent, l'une fait le mur et se faufile chez l'autre, rentre chez elle avant l'aube.

Frankie et moi, on passe des heures dans sa chambre à écouter le dernier album de Billie Eilish. Notre chanson préférée, c'est *L'AMOUR DE MA VIE*. À un moment, le rythme accélère, passe en techno. Et on danse comme des dingues en sautant sur le lit de Frankie, partout.

J'aurais jamais osé faire ça avec Léo. J'aurais eu trop peur qu'il se foute de moi.

C'est une chanson d'adieu, de quelqu'un qui dit : « Tu n'as jamais été l'amour de ma vie. » Frankie chuchote à chaque fois dans mon oreille : « *Oh yes, you are*[26]. » Elle sait exactement comment me rassurer. Avec elle, rien n'est obscur. Elle m'a dit : « Moi, quand

26. « Oh si, tu l'es. »

tu me manques, je te dis que tu me manques. J'aime pas faire semblant. Fuis-moi, je te suis, je trouve ça ringard à mort. »

Pour les vacances de printemps, elle va retourner à Berlin.

Elle veut partir. J'essaie de me persuader que ce n'est pas à cause de moi, mais je me déteste de ne rien pouvoir y changer.

Mon cœur se met en pause quand j'y pense. Je tombe dans un trou de chagrin. J'ai peur qu'elle ne revienne jamais. J'ai peur que tout passe trop vite, je vois arriver son départ pour Berlin et les choix Parcoursup avec une boule d'angoisse de plus en plus énorme.

Et je sais pas si vous avez remarqué, mais c'est quand on voudrait que le temps ralentisse qu'il se met à courir comme un fou.

L'IDÉE DU SIÈCLE

Ce soir, je travaille au food-truck, on attend les clients. Les usines clignotent dans la brume glacée. Un souffle de vent gelé se faufile dans le camion, passe sous les mailles de mon pull. Je grelotte, colle mes jambes au four bien chaud. Pioche dans un bol de minicookies. Les avale un par un, ça me réchauffe.

Accoudée au comptoir, Allison regarde tomber la neige, si fine qu'elle fond aussitôt qu'elle touche le goudron. Elle pousse un long soupir, remonte la fermeture de sa polaire, décorée d'une grande tête de loup.

– Qu'est-ce qu'on se fait chier…

C'est vrai. On a vendu trois maquereaux depuis le début de la soirée.

Allison se tourne vers moi.

– T'as pas trop froid ?

– Ça va.

Elle attrape un morceau de mon pull entre ses doigts.

– C’est du coton ça.

Je hausse les épaules.

– T’as pas de la laine ? elle demande.

– Non.

Elle ouvre la porte arrière, sort du camion. Je l’entends marcher jusqu’à sa voiture, en ouvrir le coffre. Elle revient avec une grande écharpe rose pâle. Me la tend.

– Cadeau.

– Mais non, je proteste.

Elle la colle contre ma poitrine.

– 100 % cachemire. Ça se refuse pas. Je l’ai eue gratos.

– Comment t’as fait ?

Elle chasse mes paroles d’un mouvement dans l’air.

– Chacun ses bons plans.

J’enroule l’écharpe autour de mon cou. C’est comme un radiateur, j’ai tout de suite bien chaud.

Allison sourit.

– Ça te va super bien, le rose.

J’ai envie de lui faire un câlin, mais je n’ose pas. Je n’ose jamais faire de câlin, j’ai trop peur qu’on me repousse.

Allison secoue la tête.

– J’aurais pas dû rester ici pour l’hiver. Je suis con. Il faudrait un truc, une idée, le genre qui ramène les gens. Une fête, un spectacle. Quelque chose qui manque ici !

– Un drag show.

Je ne sais pas comment cette idée m'a traversé l'esprit.

– T'as fumé ? dit Allison.

– Un cabaret ! Y en a pas ici ! Une fête, comme à Berlin. Avec des drag-kings, des drag-queens ! Pour les queers !

– T'en vois beaucoup, des lesbiennes et des gays, des bis et des trans, à Dunkerque ? Y en a pas !

– C'est pas qu'il n'y en a pas, j'explique. C'est qu'ils n'ont nulle part où aller !

J'imagine la tête de Frankie, son sourire, son excitation. Son « merci ».

– On fera des ma-queer-aux ! j'ajoute.

Allison sourit.

– Et des cour-gay-tes farcies ?

– Voilà !

Je frappe le comptoir.

– Allez ! je m'occupe de trouver les perfs, et de rameuter les clients ! Si ça marche, tu me files 50 % des recettes.

– Quarante.

– Quarante-cinq.

Elle tend la main. Je la tope.

– Banco !

– Mais faut qu'on trouve un local. Ils vont pas performer dehors avec ce temps.

– *L'Espadon rieur*, je dis.

Elle éclate de rire.

– Mais quoi ! j'insiste. C'est vide tout le temps. Y a un sous-sol à louer !

– Anita me déteste, elle voudra jamais !

– On est pas obligées de lui dire que c'est TOI qui sous-loues.

TÉLÉPHONE DE FRANKIE

Frankie Lécume
Salut les BG ! Je cherche des kings dans le Nord. Lille. Pour faire un show à Dunkerque. Vous connaissez des gens dans le coin ?

Victor Lemaure
Moi jsuis prêt à venir de Paris ! Si tu peux me loger je viens. Avec des copaines !

PowerBeauTom
Trop chaud ! On fait un convoi ?

Frankie Lécume
On offre le repas ! Maquereaux grillés pour tout le monde !

CLOSE YOUR EYES, CLOSE YOUR EYES

Villa des Pingouins. Je sors de ma chambre en costume de corsaire, tricorne à plumes sous le bras, bottines à la main. Je descends l'escalier sur la pointe des pieds, tout contre la rampe, là où les marches sont étroites et ne grincent pas.

Papa est à une réunion de son syndicat. Diane écrit dans son bureau.

– Tu sors, Véda ? je l'entends crier.

Je me fige.

– Je vais au food-truck !

– Pourquoi t'es déguisée ?

Je me retourne. Elle se tient en haut de l'escalier, dans son kimono japonais, un crayon planté dans son chignon défait.

– C'est thème pirate, je dis, les joues bouillantes.

– Super !

Elle sait que je lui cache quelque chose.

Mais elle ne sait pas que sous ma chemise à jabot, mon torse est plat, mes seins serrés sous du film étirable. Et que j'adore, j'adore cette sensation.

– Mesdames et mesdames !

Dans la cave bondée de *L'Espadon rieur*, un king monte sur l'estrade. Il a le crâne rasé, un jean slim, un tee-shirt noir imprimé « VENGEANCE LESBIENNE ». Ça sent le maquereau grillé. Les spectateurs, assis par terre, mangent dans des assiettes en carton.

Tout à l'heure, quand elle a vu arriver Allison et le food-truck, Anita a d'abord croisé les bras. Hors de question. Mais Frankie lui a demandé d'essayer. Juste un soir. Elle lui a collé une bise sur la joue, a posé sur sa tête un chapeau haut-de-forme à paillettes. Le même que celui sur la photo que Frankie a accrochée derrière le bar. Celle qui date des belles années de *L'Espadon rieur*. Un grand portrait d'Anita, jeune, au-dessus duquel il est écrit « DJ-Anita, première DJette de Dunkerque ».

Le chapeau entre les mains, Anita, émue, a retenu son sourire.

– Où t'as trouvé ça ?

– Dans ma chambre, dans un des placards.

– Je croyais que je l'avais perdu.

Anita a laissé descendre les clientes et les clients avec leurs assiettes de maquereaux. Elle a servi des pintes toute la soirée. Frankie m'a dit « elle est contente », et j'ai vu qu'elle aussi, ça la rendait contente.

Je rejoins Malik et Frankie au premier rang, devant la scène.

– Mes sœurs et mes sœurs, continue le king au crâne rasé.

– C'est Victor, précise Frankie. Victor Lemaure. Je l'adore.

Frankie a peint son visage en blanc, sa bouche en rouge, deux traits d'eyeliner noir étirent ses yeux jusqu'aux oreilles, une fine moustache orne sa lèvre. Elle a plaqué ses cheveux en arrière avec du gel.

Victor sort une petite boîte de sa poche. Il l'ouvre, prend une pincée de son contenu.

– Je vous bénis ! il lance. Ou plutôt non... Je vous *bénites* !

Malik pouffe de rire.

– Au nom du poil, de la cocotte et des esprits malsains !

Victor jette la pincée de poudre sur le public.

– C'est des poils ? je demande.

– C'est des poils, confirme Frankie.

Victor reprend le micro :

– Je tiens à remercier Véda, Allison et Anita pour la préparation de cette soirée de rêve.

Frankie m'embrasse sur la joue.

– Et surtout mon beau gosse, Frankie Lécume, pour l'invitation !

Malik me donne un coup de coude.

– Regarde.

Derrière nous, perchée sur un haut tabouret, Mme Letibi, la prof de littérature antique, blottie contre une fille aux longs cheveux. Elles portent toutes les deux la même veste en cuir.

– Tu crois que c'est sa meuf ? demande Malik.

– On dirait.

– J'ai toujours su qu'elle était lesbienne, il chuchote.

– Moi, j'ai toujours été amoureuse d'elle, je dis.

– Moi aussi, avoue Malik.

Victor Lemaure tend le bras vers le fond de la salle.

– Et je vous prie de faire un triomphe à PowerBeauTom !

Les lumières s'éteignent, des voix électroniques sortent des enceintes :

« *Close your eyes*

Close your eyes

Close your eyes »

Sur la scène, un spot blanc éclaire PowerBeauTom. Il porte une robe moulante de cuir rouge, une perruque rouge, du rouge à lèvres rouge, des bottes à hauts talons plateforme vernies rouges.

Il bouge les lèvres, articule en silence les paroles de la chanson.

« *You take a drug, I take a sip*

I want your legendary kiss[27]... »

---

27. « Ferme les yeux, ferme les yeux, ferme les yeux. Tu prends une drogue, je prends une gorgée, je veux ton baiser légendaire », Kim Petras – Petras, T., Joseph, A., Saint John, J., Gottwald, L., Hudson, S. (2018). « Close Your Eyes ». Dans *TURN OFF THE LIGHT.* BunHead/Kobalt Music Publishing.

Il caresse son corps avec ses gants de cuir, envoie un baiser à la foule, donne des coups de griffe dans l'air, lève un bras, l'autre bras, descend assis sur ses talons, langoureux.

– J'aime trop, je dis.

Toutes les voix des enceintes semblent sortir de sa bouche, apprivoisées par ses mains.

La musique s'arrête. Il prend la pose, main sur la hanche. Arrache sa perruque. Révèle un crâne blond, rasé sur les côtés. Un anneau à l'oreille. Le public hurle de joie, claque des doigts. Il enlève son gant droit, le laisse tomber sur le sol, enlève le gauche, le jette dans la foule. Il gonfle ses biceps, durcit les traits de son visage.

– C'est ouf, je dis.

– Tellement beau, soupire Malik, ému.

La salle retient son souffle.

Il attrape la fermeture éclair de sa robe et la dézippe. La robe tombe au sol, libère la poitrine de PowerBeauTom. Sur des bandes adhésives couleur chair, deux mots : « FUCK GENDER ».

Il ôte une botte, la deuxième. En boxer sur la scène, il tend la main vers le premier rang. Une fille lui lance un jogging Adidas noir et blanc. Il lui fait un clin d'œil. L'enfile en dansant. Remet ses énormes bottes rouges.

La voix d'Eminem s'échappe des enceintes. Tom recommence à danser, *lip-sync* la chanson, se déhanche, souple, une main sur le bassin, ouvre les bras, les replie sur ses genoux, descend sur ses talons, remonte.

– Trop SEEEEX ! crie Frankie. EMINEM GAY !

Elle lève la main, claque plusieurs fois des doigts. « Yassss ! » Je prends une grande inspiration, et je crie :

– WOUUUUUHOUUUU !

Et je me sens bien. Et personne ne se moque de moi.

Une vague triste et tiède m'emporte loin de la salle. Je pense à Suzie, avec ses jeans moulants, à comment elle détestait ses fesses, ses cuisses, aux pulls qu'elle nouait toujours autour de sa taille pour les cacher. Suzie, Suzie, est-ce que si tu avais vu ce spectacle, tous ces gens heureux, si tu avais été là ce soir, est-ce que tu te serais sentie mieux ? Est-ce qu'être ici ça t'aurait aidée ? Est-ce que tu serais encore là ?

La musique s'arrête. PowerBeauTom salue, essoufflé, souriant. Frankie a disparu dans les coulisses. Victor Lemaure monte sur scène. Baisse le ton de sa voix :

– Il sort de la brume, léger comme une plume, il vous allume, et vous consume... Mesdames et mesdames. Frankie Lécume !

Les lumières s'éteignent et se rallument. La voix de Billie Eilish résonne :

« *I wish you the best for the rest of your life...* »

Un grand souffle gonfle mes côtes.

Notre chanson.

Frankie s'avance doucement sur la scène, perchée sur des talons, seins bandés sous une veste de tailleur, une cravate jusqu'au nombril. Elle glisse les pouces sous la grosse boucle en argent de sa ceinture. Elle bouge les lèvres pour suivre les paroles.

« *I said you, you-hou-hou were the love of my life, the love of my life*[28]... »

Ses doigts lâchent la ceinture, s'envolent dans l'air.

Elle tourne les mains, enroule ses bras autour de sa tête. Ramène ses coudes devant son visage.

Malik se penche à mon oreille et murmure :

– Cette fois, personne ne lui jettera de beignet.

Quelqu'un s'assoit à côté de moi.

– Elle est douée, ton amoureuse.

C'est Allison.

Je me fige.

– C'est pas mon amoureuse.

– Véda. Ça se voit, c'est beau, et je suis heureuse pour toi. Tu sais pourquoi ?

Je fais non de la tête. Elle me prend par l'épaule.

– T'es alignée avec toi-même. Tu te tiens droite.

La musique accélère, c'est le moment techno de *L'AMOUR DE MA VIE*.

---

28. « Je te souhaite le meilleur pour le reste de ta vie. J'ai dit que tu, tu étais l'amour de ma vie, l'amour de ma vie » - Billie Eilish – O'Connell, F., O'Connell, B. (2024). « L'AMOUR DE MA VIE ». Dans *HIT ME HARD AND SOFT.* Darkroom/Interscope Records.

Les mains de Frankie tournent de plus en plus vite. Derrière nous, une femme hurle :

– BRAVOOOO !

Malik et moi, on se retourne en même temps.

C'est Mme Letibi, presque debout, les pieds sur la barre de son tabouret.

Elle nous voit. Nous sourit, émue. Forme un cœur avec ses doigts et articule en silence :

– Merci.

TÉLÉPHONE DE FRANKIE

NOTES

DUN-QUEER-QUE

Moments préférés :

– Quand Anita a vu passer devant le comptoir Jeanne : barbe, voix grave, rouge à lèvres, robe coquelicot.

– Quand PowerBeauTom a pris les mains d'Anita et lui a dit merci.

– Quand toute la salle s'est mise à frapper des poings et des pieds : « ANITA, ANITA, ANITA ! » Elle a fini par sortir de derrière son bar, toustes ont hurlé de joie.

– Quand j'ai reconnu quinze élèves du lycée, minimum.

– Quand Véda a compté la recette des maquereaux : 985 euros pour le food-truck, 45 % pour elle.

– Quand Allison a dit : « On recommence quand ? »

– Quand Véda m'a embrassée : elle se foutait de qui nous regardait.

– Ce matin, quand Anita s'est mise à récurer tout le bar à la javel pour enlever « cette odeur de poisson qui fout la gerbe » et que je l'ai entendue siffloter *L'Hymne à l'amour* d'Édith Piaf.

Malgré tout ça je me sens triste. Impression d'avoir dix-sept ans et aussi d'en avoir quatre-vingts.

ADIEU LES NUAGES

C'est le premier jour des vacances de Pâques. Demain, Frankie s'en va pour deux semaines à Berlin.

C'est aussi le jour de la validation des vœux sur Parcoursup.

Malik, Frankie et moi, on est à la médiathèque. On s'est installés à l'une des tables qui longe l'immense baie vitrée, avec vue sur le port. Sur les quais s'empilent des containers rouges, verts, bleus. On dirait que des bébés géants ont joué aux LEGO.

Malik et moi, on est chacun devant un écran. À côté de nous, un gamin joue à *Fortnite*. Son personnage atterrit en parachute sur une terre violette. Frankie est assise tout contre moi, ses doigts se baladent dans mon dos.

– Vous savez qu'il y a des gens qui dorment dans des containers ? dit Frankie. Ils aménagent des chambres étudiantes à l'intérieur.

– Tu veux bien arrêter de nous déconcentrer, râle Malik. Tout le monde n'a pas la chance d'avoir un avenir tout tracé.

Frankie, elle, ne s'inscrit pas sur Parcoursup, comme elle va faire une école de danse à Berlin.

– Tu veux plus être steward ? je demande à Malik.

– Ma cousine m'a parlé du risque aviaire. Ça me fait trop flipper.

– C'est quoi ?

Il se tourne vers moi. Sa boucle d'oreille se balance, c'est un homard en petites perles.

– Les pigeons se prennent dans les turbines et font exploser les moteurs des avions.

– Et tu abandonnes ton avenir pour ça ? dit Frankie.

– Ben ouais. Adieu les nuages.

Je soupire. Moi non plus, je ne sais pas quels vœux cocher.

Les yeux sur l'écran, Malik fait défiler les formations.

– Je suis sûr qu'il y a plein de formations géniales qu'on ne voit pas, dit Malik. Elles sont cachées...

– Je crois que ça me plairait d'habiter dans un container, reprend Frankie. C'est tout carré.

– Je mets licence de droit ? hésite Malik.

Frankie hausse un sourcil.

– Si t'es refusé à tout et accepté en droit, t'y vas ?

– Non. T'as raison. Je mets quoi, alors ?

Moi, maintenant que je me fous d'aller à Lille, je ne sais plus du tout ce que je veux.

– Je ne savais pas que ça existait, les parcours de création littéraire en licence de lettres, je dis.

– C'est où ? demande Frankie.

– Paris, Rouen...

– Coche les deux, elle suggère. Je t'imagine trop bien en écrivaine.

– Non mais toi, dit Malik. Tu l'imagines trop bien en tout ! T'es amoureuse, c'est tout !

– Exactement, répond Frankie.

Je souris. Frankie est amoureuse. C'est tout !

– BUT GEA, c'est quoi ça... panique Malik.

Frankie soulève une mèche de mes cheveux et souffle dans mon oreille :

– Mets Marine nationale !

– Arrête avec ça.

– Je trouve ça génial de sortir avec une capitaine. J'ai pas le droit ?

Elle m'embrasse dans le cou. Je l'embrasse sur la bouche.

À côté de nous, le gamin *Fortnite* se retourne, nous regarde, interloqué. Son personnage tombe dans un grand ciel bleu. Paniqué, le gosse clique dans tous les sens.

Je retourne à mon avenir.

– Et prépa lettres ? Mme Letibi dit que je pourrais être prise. Elle dit que c'est bien. Que ça reste général. Je peux mettre dix sous-vœux.

– Vas-y. Mets les meilleures prépas lettres de France, lance Frankie.

– Ça a l'air d'être du boulot, quand même.

– Et alors ? T'es capable de tout !

Malik soupire.

– Vous m'épuisez...

– Bon alors... Paris, Boulogne... je dis.

Frankie me tapote le dos.

– Vas-y ! vas-yyyy clique !

Je clique.

– J'ai cinq vœux. C'est assez ?

– Ah non ! s'exclame Malik. Tu ne peux pas mettre cinq misérables vœux. Il t'en faut dix ! Pas le choix.

– Il a raison, approuve Frankie. Faut maximiser tes chances.

Malik se gratte le menton.

– C'est quoi la différence entre Sciences Po et Institut d'études politiques ?

On le regarde.

– T'es sérieux ? je dis. C'est pareil !

Sa bouche lâche un bruit de trompette bouchée.

– De toute façon, y a du droit aussi là-dedans. Je crois que ça m'emmerde, le droit.

– Y a du droit partout, je fais remarquer.

– Vous savez quoi ? Je vais mettre anglais. Ça sert toujours.

Il clique. Se met debout sur sa chaise. Écarte les bras.

– J'suis choqué ! J'ai dix vœux !

– Bon, Véda..., soupire Frankie, on va pas y passer la journée.

Une demi-heure après, on sort de la bibliothèque, tout ébouriffés.

J'ai fait sept vœux pour lettres modernes à Paris et à Lille, des prépas lettres dans plusieurs villes, une licence de lettres et création littéraire à Rouen.

Sept vœux d'avenir. C'est déjà ça.

Il fait beau. On passe devant la Sirène de Dunkerque. Ils l'ont exposée sur la place Jean-Bart. Un mec monte la garde devant la statue. Il agite une cloche, porte une boîte à dons autour du cou : « Association des Amis de la Sirène de Dunkerque ».

Frankie s'approche de lui.

– Pourquoi elle est là, la sirène ? elle demande.

– Demain, elle sera remise en mer, à l'entrée du port, dit le type.

Elle a été repeinte. Ses seins sont encore plus blancs qu'avant, sa bouche plus rouge, ses cheveux plus blonds. Deux ados passent en skate. L'un d'eux touche les seins de la sirène. Son pote éclate de rire.

– Vous êtes cons, ou quoi ? crie Frankie. De la peloter comme ça !

– C'est une statue, répond l'un des mecs. T'as remarqué, connasse ?

– Ta gueule, s'en mêle Malik. Parle bien à ma copine.

Le type de l'association a l'air dépité.

– Ça arrive tout le temps, il soupire.

– Elle pèse combien ? je demande.

– Deux cents kilos, il dit, fier. Et elle mesure deux mètres.

– Comment vous faites, pour la remettre à l'eau ? C'est pas trop lourd, à transporter ?

– Dans la mer, rien n'est lourd. On va la remorquer sur un zodiac.

– Quand ? je dis.

– Demain.

– Et en attendant ?

Il glisse un regard amoureux vers la statue :

– À la base de voile. Juste pour une nuit.

Je prends le bras de Malik, celui de Frankie. Les éloigne de la sirène.

– J'en étais sûre ! La base de voile !

Je les embrasse chacun sur la joue :

– Frankie, j'ai le programme de ta dernière soirée avant Berlin.

OUINK OUINK

« Jour et nuit », c'est le nom de la villa des parents de Léo, à quelques rues de la villa des Pingouins. La façade jaune pâle est séparée en deux, de chaque côté de la porte d'entrée. À droite : le jour. Moulures en forme de soleils, têtes d'anges aux yeux grands ouverts, moineaux, fleurs épanouies. À gauche : la nuit. Chouettes, lunes, ronces...

Frankie et moi, on l'admire, cachées derrière un gros SUV.

– T'es jamais entrée ? elle s'étonne.

– Léo n'invite jamais personne.

– Mais t'étais sa meuf...

– Il aime pas s'engager. J'avais envie, mais pas lui. Et il m'a jamais présentée ses parents non plus. Bon, je suis comment ?

Du bout des doigts, Frankie ajuste le col de ma chemise, caresse le tissu.

– C'est de la soie ?

– Je l'ai piquée à ma belle-mère. Avec ça.

Je sors de ma poche deux boucles d'oreilles ; deux grosses boules dorées que je clipse à mes lobes.

– Et ça !

Je brandis une petite croix catholique suspendue à une chaîne.

– Tu l'as trouvée où ? dit Frankie.

– C'était à ma grand-mère. La mère de mon père.

– Joli.

Elle l'attache autour de mon cou. Ses doigts chatouillent ma nuque. Je me retourne.

– Ça fait pas trop ?

Elle lève un sourcil railleur.

– T'es belle en petite bourgeoise.

Elle m'embrasse, je ris sous sa bouche.

Je t'aime. Je t'aime et je t'aime et je t'aime. Reste avec moi.

Je sonne à la porte. J'attends. Personne. Je me retourne. Derrière la vitre du SUV, Frankie me fait signe d'attendre encore. Elle lève le pouce. Au bout de quelques secondes, la porte s'ouvre sur la mère de Léo. Carré blond et court, cardigan. Le même cardigan Zadig & Voltaire que la moitié des filles du lycée, avec des boutons en forme d'étoiles, de la maille si douce que quand tu le portes, t'as même plus besoin d'affection. Tu te suffis à toi-même. Elle pose les yeux sur la croix autour de mon cou.

– C'est pour le calendrier de la paroisse ? Je l'ai déjà acheté.

Sa voix est toute douce et basse, une voix qui va parfaitement avec son visage fin, pâle.

– Je suis Véda, une amie de Léo. De la base de voile.

Elle a le même sourire que son fils, la même dent qui chevauche l'autre.

– Il est en compétition de kitesurf, en Espagne.

Je me précipite :

– Je sais. Il m'a dit qu'il avait des annales à me donner, pour mon bac. Que je pouvais venir les récupérer dans sa chambre.

Elle ouvre le bras, me laisse entrer.

– Il aurait pu me prévenir...

– Désolée, je dis en franchissant le seuil.

La maison est pleine de lumière et de propreté. Une baie vitrée ouvre sur le jardin. Dehors, des planches de kitesurf sont alignées contre un cabanon. Mes yeux se posent sur des masques africains sur une étagère.

– C'est mon mari, dit la mère de Léo. Quand on voyage, il ne peut pas s'empêcher de rapporter des babioles. Moi, ça me fait peur. Lui, il adore. Je vous laisse monter ? La chambre est à l'étage, au fond du couloir.

Sur le mur de la cage d'escalier, des portraits de Léo.

Léo bébé, Léo à deux ans, une épée en caoutchouc à la main. Léo dans son aube de communion... À chaque marche, un nouvel âge. Comment un mec aussi adoré a-t-il pu devenir un tel connard ?

Sa chambre est encore celle d'un petit garçon. Une frise de bateaux court sur le mur, un édredon Tintin couvre son lit. Un ourson géant déprime dans un coin. Vite, j'ouvre les tiroirs.

Tous les champions de la base de voile ont un double des clés des locaux. Pour pouvoir s'entraîner dès qu'il y a « de l'air ». Le coach leur demande de les laisser chez eux, pour ne pas les perdre.

Banco !

Dans un des tiroirs de sa table de nuit, posé sur une ribambelle de capotes, un porte-clé SNSM, celui avec un minigouvernail de bateau en métal – le logo de l'association de sauvetage en mer. Sur le trousseau, il y a aussi un cochon miniature, en caoutchouc, tout mou. Je l'attrape, le lance en l'air, le rattrape, l'enfonce dans ma poche.

J'appuie sur le ventre du cochon.

Ouink ouink !

LIBÉRÉE, DÉLIVRÉE

4 heures du matin. Frankie et moi, éclairées par la pleine lune, on avance le long des dunes.

Ouink ouink !

– Frankie, arrête !

– Désolée !

Elle me rend le porte-clés cochon.

On passe sous la barrière de la base de voile.

– T'es sûre qu'il n'y a personne ? s'inquiète Frankie. C'est pas surveillé ?

– Y a pas de caméras. Rien.

On avance, en silence, entre les Optimists et les chars à voile, rangés à la queue leu leu sur le sable.

– Viens, on laisse tomber… dit Frankie.

– Arrête de flipper. Y a rien. Pense à la sirène !

Frankie éclaire le cadenas du garage avec son téléphone. Je vise la serrure avec la petite clé, peine à la faire rentrer.

– C'est pas la bonne ? panique Frankie.

La porte grince, s'ouvre sur la sirène. Blanche, rousse, allongée sur le zodiac. Sous les lueurs de nos portables, ses cheveux brillent.

– On y va ? je dis.

Frankie montre le quad auquel est remorqué le bateau.

– Tu sais conduire ça ?

Je veux qu'elle sache de quoi je suis capable.

– Léo m'a montré.

Nous voilà sur l'eau. On a laissé le quad sur le sable. Je tiens le gouvernail du zodiac, le bruit du moteur se perd dans le ciel. On avance doucement vers le large. Sous la pleine lune, la mer ressemble à du papier aluminium. Le poids de la statue fait pencher le bateau.

Frankie s'agrippe, les deux bras autour de la queue de la sirène.

– On va pas se faire renverser par une baleine ou quoi ?

Je ris.

– Y a que des puces et des méduses.

– On est assez loin, là, non ?

– Encore un peu. Il faudrait pas qu'ils la repêchent.

– Mais Véda, on voit presque plus la côte.

– T'inquiète pas.

– OK.

Ce moment, la pleine lune, nous deux, la sirène, je voudrais qu'il dure encore et encore. Je pourrais voguer droit, cap sur l'Angleterre.

J'éteins le moteur.

On n'entend plus que les vagues clapoter sur le bateau. Arc-boutées contre les boudins pneumatiques du zodiac, les pieds à plat sur le corps de la sirène, on s'apprête à la pousser dans l'eau.

– On dit un truc ? propose Frankie. Un au revoir ?

– Je sais ! Passe ton portable.

Le téléphone de Frankie affiche bientôt le visage de Billie Eilish, blonde dans un pull jaune. J'appuie sur « play ».

« *I used to float, now I just fall down*
I used to know but I'm not sure now
What I was made for[29] ? »

Frankie me sourit. Un éclat de lune danse dans ses cheveux.

– Prête ? je demande.

– Prête.

On pousse sur nos jambes, de toutes nos forces.

La sirène tombe à l'eau. Le zodiac tangue. Frankie pousse un cri. Je me jette de l'autre côté pour équilibrer l'embarcation. M'agrippe au cordage.

Le bateau se stabilise.

La sirène coule à pic. Un nuage de bulles remonte à la surface.

Je lève les bras.

– Cap sur le banc des phoques !

---

29. « J'avais l'habitude de flotter, maintenant je ne fais que tomber. J'avais l'habitude de savoir, mais je ne suis plus sûre maintenant. Pour quoi j'ai été créée ? », Billie Eilish - O'Connell, F., O'Connell, B. (2023). « What Was I Made For? » Dans *Barbie: The Album*. Darkroom/Interscope Records.

Je reprends le gouvernail, tire sur le cordon du moteur. On démarre. Le bruit couvre la voix de Billie Eilish.

Frankie contemple le large. Elle murmure :

– La phosphorescence, c'est pas censé être que dans la nuit noire, noire ?

– Si, je réponds.

– Regarde. Retourne-toi.

Là où on a laissé la sirène brille un énorme nuage de plancton. On dirait une deuxième lune dans l'eau noire.

– Elle nous dit merci, souffle Frankie.

On a tiré le zodiac sur le banc des phoques et on s'est allongées sur le sable mouillé. Au loin, les usines font comme une fête foraine de lilliputiens. À l'est, le jour se lève sur la côte belge. On regarde passer un énorme ferry.

Je joue avec les cheveux de Frankie.

– Je t'ai déjà raconté l'histoire du naufragé qui a survécu douze ans en buvant du sang de tortue ? Les tortues continuaient à venir, elles se laissaient attraper, massacrer. Y en a pas une qui a prévenu ses copines que ce type était leur prédateur, le sang de la tor...

– Arrête, elle dit.

Elle se redresse, prend mon visage entre ses mains, m'embrasse.

Elle m'embrasse encore. Se fige.

– Putain ! Le zodiac !

Il flotte sur l'eau, à dix mètres du sable.

– Oh non, non, non !

Je cours pour le rattraper, de l'eau jusqu'aux genoux.

– NON !

Trop tard, une vague emporte le bateau, une autre l'éloigne. En quelques minutes, ce n'est plus qu'une tache vert fluo à l'horizon.

Frankie plaque les mains sur ses joues.

– On va mourir !

Je ris.

– Sérieux, ça te fait rire ?

– C'est nerveux !

– Véda, on va mourir. Tu comprends pas ? La mer va monter, on va se noyer !

– La marée baisse encore. Dans deux heures, max, on pourra rentrer à pied.

Des rugissements sonnent à l'autre bout du banc de sable. Trois gros phoques viennent de sortir de l'eau. Ils se traînent sur le sable.

– Ils vont pas nous bouffer ? s'inquiète Frankie.

– Ils sont loin. Ils restent toujours à distance des humains.

– Elle est basse dans combien de temps, la mer ?

– Deux heures.

Elle se serre contre moi, je jette un œil à mon téléphone. 6 heures 59.

La mer se retire, millimètre par millimètre.

On pourra bientôt rentrer à pied. Mais je voudrais que la mer arrête de baisser. Parce que tout à l'heure, Frankie prend son train pour Berlin.

Je voudrais passer de 6 heures 59 à 6 heures 60, 6 heures 61... Que la lune et le soleil restent pour toujours ensemble dans le ciel. Qu'on ne bouge plus, que nos cellules cessent de vieillir, que sur toutes les côtes du monde, les vagues et l'écume se figent, que le vent ne tombe jamais, que le souffle de Frankie continue de chatouiller mon oreille.

AU BORD DE LA SPREE 2

8 heures 45 du matin, Berlin. Les minutes s'écoulent et je me rapproche du départ pour l'expédition d'exploration glaciaire.

Je serai bientôt loin d'ici, loin de Frankie.

Au moins, en Antarctique, personne ne me manquera.

Ni Gabrielle qui risque d'aller vivre à Londres, ni Ben parti à Bruxelles, ni Thelma qui ne veut plus de moi, ni Suzie qui est morte.

Ni Frankie.

Personne.

C'est moi qui leur manquerai.

Au fond, je crois que c'est pour ça que je suis venue à Berlin. Pour que tout le monde arrête de me manquer.

Quand Frankie est partie pour les vacances de Pâques, je me suis retrouvée seule. Chaque journée, je la passais à essayer de remplir le gouffre qui se creusait par pelletées dans ma poitrine. Frankie me manquait.

J'aurais voulu qu'on s'écrive toute la journée, qu'on s'appelle. Mais elle faisait la fête, je recevais un petit cœur par-ci par-là et il fallait que je m'en contente. Je ne voulais pas lui dire que j'étais triste, lui dire que j'avais peur. Alors je ne disais rien. Juste des « bisous » ou des « cool » ou des « ok ». Je lui envoyais les articles de *La Voix du Nord* : « On cherche toujours la Sirène de Dunkerque », « Disparition de la Sirène, l'enquête se poursuit ». Dans les articles, les correspondants parlaient du quad abandonné sur le sable, soupçonnaient les mecs de la base de voile, une fête qui aurait dégénéré. Ils n'avaient pas remonté la piste des clés de Léo.

Anita et Allison ont organisé trois autres soirées queers à *L'Espadon rieur*. « Bingo drag », « Karaogay » et « Queerale ». Ces soirs-là, dans la cave de L'Espadon, on ne pouvait pas faire un pas. Allison vendait des tonnes de maquereaux.

Dans mon enveloppe, j'avais trente-deux billets de 100 euros. Je ne savais toujours pas exactement comment je voulais les dépenser.

À part faire l'amour avec Frankie, embrasser Frankie, tenir la main de Frankie, regarder des films avec Frankie, plus rien ne m'intéressait. C'est peut-être parce qu'au fond je savais que notre histoire avait une fin écrite d'avance. J'arrivais à ne pas ressentir son absence pendant une heure. Et puis tout à coup, un immense nœud enserrait mon corps. Un nœud marin. Un nœud en huit. Le plus solide des nœuds d'encordement.

La veille de la rentrée, mon cœur prenait toute la place dans ma poitrine : Frankie revenait.

LE PRINTEMPS

COMPLÈTEMENT POURRI

Demain, c'est la rentrée. Enfin finies, les deux semaines sans Frankie, les plus longues de ma vie.

Villa des Pingouins : assise à la table de la salle à manger, entourée de mes classeurs, de mes dictionnaires, je révise. Lis *Les Caractères* de La Bruyère. Les lignes dansent, impossible d'en retenir une seule. Sans nouvelles de Frankie depuis deux jours, j'allume mon téléphone toutes les trente secondes. À quelle heure arrive-t-elle à Dunkerque ? Est-ce qu'elle est déjà là ? Son dernier message : la photo d'un bateau, à la coque blanc et orange fluo.

Frankie
Regarde ! Il m'a fait penser à toi.
C'est un voilier d'exploration glaciaire.
Ils étudient le plancton. Il y a une expo et tout !
Tu le connais ? Il s'appelle Tara

Véda
Bien sûr ! Qu'est-ce qu'il fait là ?

Mon rêve, c'est d'embarquer sur un bateau
comme ça. Un jour, je le ferai

Frankie
Tu m'emmèneras ?

Véda
Sérieux ?

Frankie
Pourquoi pas ?

Véda
Tu me manques

Frankie
Toi aussi capitaine

– Pourri, complètement pourri.

Diane râle dans la cuisine. Je me penche pour l'apercevoir. En kimono fleuri, elle prépare le poisson pour ce midi. Son chignon s'agite à l'arrière de son crâne. Elle prend les filets par la queue, les frappe sur le bois.

– Complètement pourri.

Du pied, elle tire la poubelle à elle, appuie sur la pédale, jette les filets un par un. Ponctue chacun de ses gestes d'un :

– Pourri. Pourri. Pourri.

Mon père s'est levé à l'aube pour acheter du cabillaud frais.

« Les amours meurent par le dégoût, et l'oubli les enterre », La Bruyère.

Si l'oubli enterre papa et Diane, que va-t-il se passer entre Ben et moi ? Est-ce que mon demi-frère va m'enterrer, lui aussi ?

Papa dévale les escaliers, le corps moulé dans une combinaison de cycliste noir. Il passe une tête par la cuisine : « Ça va, chérie ? » Diane soupire : « Arrête de me demander toutes les trente secondes si ça va. J'ai l'air de pas aller ? »

J'ai remarqué que, quand on fait trop attention aux gens, ça les énerve.

Mon père ouvre la porte d'entrée.

– Véda ! il crie. C'est pour toi !

Mon cœur décolle. Frankie. C'est Frankie !

– *Yes* !

Papa encombre le pas de la porte. Il se retourne vers moi.

– Est-ce que ta copine Frankie a dormi ici cette nuit ?

Mon cœur s'arrête. Je fais non de la tête.

Je me glisse sous son bras, me retrouve nez à nez avec Anita. Elle porte un ciré par-dessus son pyjama. Elle dit, affolée :

– Elle devait rentrer ce matin. Je n'ai pas de nouvelles.

Ça se voit dans ses yeux, elle a peur. Tout à coup, moi aussi.

Mes genoux plient. Je recule, m'assieds sur la dernière marche des escaliers. Mille guêpes vibrent sous la peau de mes doigts. Papa me parle, sa voix me parvient de loin, comme derrière une plaque de plexiglas :

– Véda, si tu sais où elle est, dis-le tout de suite.

Je prends ma tête entre mes mains. Mon souffle raccourcit. Elle est morte. Frankie est morte. C'est sûr. Elle a eu un accident. Son avion s'est planté. Elle s'est jetée par le hublot. Le sang bout dans mes tempes. J'entends la porte se fermer. Papa dit, agacé :

– Calme-toi, Véda. Qu'est-ce que tu as ?

Dans ma chambre, je tire mon portable de sous le matelas. Pas de message de Frankie.

En ligne aujourd'hui à 10 h 32

En ligne = en vie.

Je respire et j'étouffe en même temps.

Mon pouce devient dingue sur l'écran de mon téléphone. Je vérifie tout, cherche une trace de Frankie. Les stories de tous les kings de Berlin. Le programme du SchwuZ, son club préféré, elle m'en parle tout le temps.

KING FACTORY MONDAY NIGHT
Line Up:

KING CHARLES
PETROLE DESAMOUR
FRANKIE LÉCUME

Monday night, c'est demain. Frankie sera sur la scène du SchwuZ, à Berlin. Frankie vivante. Mais Frankie ne rentre pas à Dunkerque. Frankie ne m'a rien dit.

TORSE NU !

Le soir, déprimée au food-truck, j'embroche des légumes sur des piques en bois. Carotte, champignon. Carotte, champignon. Carotte, champignon. Ça m'évite de trop penser.

Le ciel est rose et orange, on dirait une aquarelle. Je voudrais qu'il y ait du vent, de la pluie, que le ciel soit gris. Je voudrais m'allonger sous le camion et dormir.

– Ça va, ma belle ? dit Allison.

Je ravale mes larmes. Je ne veux pas parler. Si je parle, je pleure.

– J'ai croisé Anita, elle ajoute. Frankie n'est pas rentrée, c'est ça ?

Je trempe la brochette dans la marinade au miso.

– Elle a dû avoir un problème de vol, d'avion, de batterie de portable, poursuit Allison. Rien de grave.

J'appuie fort mes deux mains sur le plan de travail. Je fais non de la tête. J'articule avec peine :

– Elle ne m'a donné aucune nouvelle.

– Depuis quand ?

– Hier matin.

Allison presse mon épaule.

– Ça n'a rien à voir avec toi.

On entend la camionnette de Romain se garer.

– Finis les brochettes et on en reparle, OK ?

– OK.

Mon portable sonne. C'est ma mère. La dernière personne à qui j'ai envie de parler.

Elle m'appelle, encore, encore. Elle m'envoie un message :

On a reçu le dossier monté par l'avocate de Josh. Appelle-moi. Il utilise des photos de toi pour nous attaquer !

Mon cœur s'arrête. Mes oreilles se bouchent. J'essuie mes mains sur mon tablier, je décroche.

La voix de ma mère pénètre dans mon oreille comme la mèche d'une perceuse. Elle me troue le cerveau.

– Des photos de toi en HOMME ! TORSE NU ! C'est quoi ce délire ?

Je me revois, lors de la première soirée à l'Espadon, soulever mon tee-shirt à côté de Frankie, devant l'appareil photo d'un drag-king de Lille.

– Le dossier pour la juge ! Véda ! Elle va penser que j'élève ma fille comment ?

– Comment Josh a trouvé cette photo ?

– On s'en fout ! Il l'a trouvée !

Le monologue de ma mère continue dans mon oreille :

– Qu'est-ce qui t'a pris ? T'es à moitié à poil, les seins écrasés sous du plastique ! Véda mais qu'est-ce que tu fous de tes journées ? T'aurais pas pu attendre la fin du jugement ?

J'ai l'impression que mon cerveau, tombé dans le bol de champignons, me contemple, moi, un corps vide.

– Ton job, c'est serveuse, pas strip-teaseuse.

– C'est de l'art, je dis, calme. Du drag-king. Regarde sur Internet. C'est politique.

Je sais que je devrais m'inquiéter, culpabiliser ou me mettre en colère, mais je ne ressens rien. Rien du tout.

– Je vais parler à ton père, Véda. Tu vas arrêter ce job au food-truck, te concentrer sur ton bac, c'est fini ces conneries.

– J'arrêterai pas mon job.

– T'as pas encore dix-huit ans. C'est nous qui décidons.

– Vous avez ouvert un compte pour mes études ? Mis de l'argent de côté ?

– Tu veux quoi ? Que je perde la garde de ta sœur ?

J'écarte le téléphone de mon oreille. Fatiguée, transparente, je soupire :

– Arrête de hurler.

Mais elle continue, encore, encore, encore.

Je regarde mon écran, je peux presque voir le haut-parleur cracher toute la colère de ma mère en postillons.

Je raccroche.

Mode avion.

CRR-CRR-CRR

Pincé entre mes doigts, un criquet mort. Je le tends à Beyoncé. Elle sort le bout blanc et gluant de sa grosse langue, le happe. Une patte de l'insecte pend sur son menton.

Crr, crr-crr.

Elle le mâche, sans me quitter de son œil qui ne cligne jamais.

Je n'ai rien mangé de la journée. J'ai faim. Au moins, cette sensation, elle est facile à comprendre, facile à apaiser. Recroquevillée sur mon lit, je suis une île à la dérive, qui ne sait plus où elle va, ballottée, amarrée à rien.

Mécanique, mon pouce fait défiler des photos Instagram. Les fissures de l'écran griffent la peau de mon doigt.

Le visage de Suzie apparaît en gros plan. C'est un post de Thelma.

Déjà un an sans toi. Je t'aime Suzie.

J'ai oublié Suzie. J'ai oublié l'anniversaire de sa mort.

Crr-crr. C'est pas grave, Véda, c'est juste une date.

– Je ne pense presque plus jamais à elle.

Beyoncé bouge la tête doucement. La peau de son cou se plie et se déplie.

Tu rêves d'elle presque toutes les nuits.

Suzie est morte il y a un an, au printemps. Un jour de grande marée, coefficient 105. Les marins disent qu'on meure plutôt à marée basse, quand tout est loin, quand tout a disparu.

Or, si mes calculs sont bons, Suzie s'est jetée de la falaise à 14 heures, à marée haute. Quelques semaines avant sa mort, elle m'avait dit : « Ce que je voudrais vraiment, ce serait nager sous l'océan, être poussée par le courant, ne rien rencontrer qui me barrerait la route, faire ça toute ma vie. »

C'était un mardi après-midi. Le matin, on était ensemble au foyer des élèves. Du bout de l'ongle, je suivais les graffitis sur notre table, des dessins gravés là depuis des années. Suzie était triste. Pourtant, depuis quelques semaines, elle avait l'air d'aller mieux.

« Je vais rentrer chez moi ce midi », elle a annoncé.

J'ai essayé de la convaincre de rester avec moi. On aurait pu déjeuner en centre-ville, passer chez Claire's voler des boucles d'oreilles, se serrer dans la cabine du photomaton et faire des grimaces en noir et blanc. Mais non.

Elle est allée aux toilettes, elle est revenue, elle m'a montré une tache de sang sur son jean, au niveau des fesses. « Tu vois, elle a dit, j'ai mes règles, je dois rentrer me changer. » Avant de partir, elle a plongé les doigts dans ma trousse, a pioché un stylo au hasard. Un stylo effaçable à capuchon tête de lion que Gabrielle m'avait donné. Elle a fait glisser vers elle ma pochette rouge couverte de petits dessins. Elle a écrit « je t'aime ». Puis elle a attrapé son sac à dos, m'a embrassée sur la joue, et elle est sortie du foyer.

Attends Suzie ! Reste ! T'inquiète, je te passe mon pull, tu le noues autour de ta taille et on verra rien. Non, non, ça va, il fait pas si froid. Viens, on se casse d'ici. On sèche les cours cet après-midi. Il fait si BEAU ! On va acheter un cornet de seize croustillons chauds au camion rose et blanc, demander extra dose de sucre glace, monter en haut du beffroi, deux cent quarante-deux marches et, arrivées là-haut, souffler sur le sucre pour faire un nuage qui se déposera sur la ville comme de la neige.

L'après-midi, Suzie n'est pas revenue en classe. Je ne me suis pas inquiétée. Je l'ai imaginée devant la télé, une bouillotte serrée sur le ventre.

J'avais oublié mon portable. Je ne pouvais pas lui envoyer de message. Après les cours, j'ai défait l'antivol de mon vieux vélo, me suis dirigée vers le portail. J'allais quitter le lycée, comme tous les jours. La prof de sport m'a arrêtée, elle a posé la main sur mon guidon. Je me souviens, elle portait un ensemble survêt avec une bande jaune fluo, qui allait de son épaule à sa cheville.

– Ton père a téléphoné. Il veut que tu l'attendes ici.

Elle m'a souri, calme.

Quand j'y repense, c'était un sourire « mauvaise nouvelle ». Mais quand le cerveau n'a pas envie de capter quelque chose, il ne capte pas.

La prof a ajouté « ne t'inquiète pas ». Elle m'a accompagnée dans le hall du lycée, vitré, clair, blanc comme un hôpital. Je me suis assise sur une chaise, en face du comptoir du secrétariat.

« Ne t'inquiète pas. » Je ne m'inquiétais pas du tout ! Mon père voulait sûrement aller à Decathlon pour acheter du matériel de vélo, faire les courses à Lidl pour la semaine.

J'ai attendu. Des silhouettes passaient sans me regarder. Je me tordais les doigts.

Papa est arrivé en bleu de travail. C'est là que j'ai compris qu'il se passait quelque chose de grave. Il ne serait jamais venu au lycée en bleu, si ça n'avait pas été pour un motif impérieux. Il s'est assis à côté de moi, avec son odeur de poussière et de peinture. Je n'entendais plus que mon cœur battre.

– C'est Ben ? j'ai demandé d'une petite voix. Gabrielle ?

Je pensais : *pas nous, ça ne peut pas nous arriver à nous*. Papa a secoué la tête. Il a pris mes mains :

– C'est pas la famille. Tout le monde va bien !

Il n'y avait que papa et moi, dans ce hall. J'avais envie qu'il me prenne dans ses bras et qu'on se barre loin de là.

– Ta copine est morte, il a lâché dans un souffle.

Ça a glissé sur moi comme si ce n'était pas grave. J'étais la mue d'un insecte, sèche, remplie de vide. Je souriais bêtement.

Derrière mes yeux ouverts, en une seconde, toutes les filles du lycée ont défilé sur un carrousel. Que des filles à qui je n'avais jamais parlé. Les filles du club de guitare en premier. Je ne sais pas pourquoi.

– C'est Suzie, a insisté papa.

– Quelle Suzie ?

Est-ce que je connaissais une Suzie ? Suzie quoi ? Suzie qui ?

Le visage de papa s'est crispé.

– Suzie, Véda. Ta Suzie.

Ah ! cette Suzie.

Tout mon corps a compris. Tout était en suspens. Et blanc, éclatant de blanc.

Je n'ai pas crié. J'ai couiné. Un petit bruit ridicule. Mon monde a plongé dans la brume.

J'ai dit « non », tout bas. Et j'ai crié « non ! » avec la main sur la bouche.

Mon père a chuchoté : « Moins fort. »

Il ne voulait pas qu'on me remarque, il déteste ça, se faire remarquer.

Il m'a guidée jusqu'au bureau du proviseur. C'était la première fois que j'entrais dans son bureau. Je n'ai pas demandé comment Suzie était morte. Et je ne me souviens plus du tout de ce qu'il m'a dit. Quand j'essaie de me souvenir, c'est comme si une porte grillagée s'abattait sur mon cerveau. Au bout de dix minutes, je me suis calmée.

Avant ça, le proviseur savait à peine que j'existais. C'est bizarre, j'ai honte de l'avouer, mais une partie de moi était un peu contente d'avoir de l'attention. De me sentir au centre de quelque chose d'important, de grave. Suzie était ma meilleure amie. La mienne.

Le proviseur s'est mis à me parler d'une cellule psychologique, du deuil, de toutes les étapes que j'allais traverser, de l'enterrement qui allait se passer loin, dans le Sud. On avait retrouvé son corps sur la plage. Elle s'était noyée. On pensait qu'elle avait sauté depuis la jetée, et que la marée l'avait déposée sur le sable. Je me suis demandé si ça venait de là, le mot « jetée ». Parce que les gens s'y jetaient.

Les parents de Suzie avaient trouvé une lettre sur son bureau. J'ai demandé au proviseur s'il y avait quelque chose pour nous, ses amies, mais il n'y avait rien.

Tout ce qu'il me restait, c'était un « je t'aime » sur une pochette rouge.

Le lendemain, au lycée, Thelma est arrivée avec des lunettes de soleil, comme une star aux funérailles d'une autre star. Sauf que ce n'étaient pas des lunettes Balenciaga super classe, c'étaient des lunettes pour le ski. Profilées et polarisées, avec des reflets vert et bleu sur les verres noirs, ça ne faisait pas icône en deuil.

J'attrape mon portable, commence à écrire à Frankie :

J'ai besoin de toi. J'ai besoin de te parler

J'efface.

Ne rien envoyer à Frankie. Je peux parfaitement exister sans elle. Elle ne veut plus de moi ? Très bien. Je sais ce que c'est, de se passer de quelqu'un. Je l'ai fait une fois, je le ferai deux fois.

Crr-crr tu ferais bien d'accueillir tes émotions. Tu es triste, Véda. C'est normal.

– C'est quoi le délire, en fait ? On aime les gens, on s'y habitue, on apprend à les connaître par cœur, et ils disparaissent ? C'est comme ça tout le temps, la vie ?

Crr-crr regarde, moi je suis là ! Je bouge pas !

– Mon frère se casse à Bruxelles, et je dois pas être triste. Peut-être que je ne verrai plus jamais Gabrielle. Ma meilleure amie meurt, mais la vie continue ! Et maintenant, Frankie ! Tu...

Mon téléphone sonne. *TING !* Une fois. Deux fois. Trois fois...

Léo
Je suis à Dunkerque

Fête à la base de voile, viens

J'ai envie de te voir

Tu me manques V

S'il te plaît... Viens

Je regarde les messages arriver un par un.
Beyoncé penche la tête.
Crr-crr non. Non. Non, Véda, n'y va pas, surtout, surtout pas.

RETOUR À LA BASE (DE VOILE)

Je pédale de toutes mes forces sur la digue dans la nuit, contre le vent qui couche les oyats.

À chaque coup de pédale, j'imagine que je m'enfonce un couteau dans une cuisse. Cuisse gauche. Cuisse droite. Ça m'apaise. Au bord de la route, un goéland blessé agonise. Il pousse des cris de bébé. Je pourrais lui rouler dessus pour abréger ses souffrances. Mais les oiseaux de mer reçoivent les âmes des noyés. Et je l'ai déjà dit : je ne veux pas prendre le risque d'encore tuer Suzie.

J'arrive à la base de voile. J'entends les basses de la musique.

J'abandonne mon vélo contre la barrière blanche et rouge. Je laisse aussi l'ombre de Frankie. Je ne veux plus penser à elle, à son égratignure sur le nez, aux messages qu'elle ne m'a pas envoyés.

Dans le jardin de la base de voile, la musique électro, les voileux et les voileuses agglutinés autour du bar ; rien n'a changé. Léo est assis sur un banc, jambes écartées, un verre à la main. Sacha grille les merguez et les brochettes. Ce décor m'a attendue tout ce temps. Une seule chose a changé : être moche ou mal habillée, je m'en tape. Je m'en tape de Léo.

Avec un demi-sourire amusé, il donne un coup de menton dans ma direction.

– Salut, Véda…

Il se pousse un peu sur le banc. Je m'assieds à côté de lui. C'est la dernière chose à faire, mais je le fais. Je crois que je veux m'assurer que ma place existe encore.

À travers la fenêtre du local, j'aperçois Thelma et Jasmine. Thelma se retourne, nos regards ricochent l'un l'autre. Son sourire s'efface. Elle dit quelque chose à Jasmine qui approuve de la tête et détourne les yeux.

Sacha sort de sa poche un minuscule flacon décoré d'un lapin violet. Du poppers. Je dis toujours non à ce truc d'habitude. Sacha le place sous son nez, plaque son pouce sur une narine, prend une grande inspiration de l'autre ; sa bouche s'élargit dans un sourire de joker, il renifle, rit comme un âne. Me le tend.

– Essaie, ça dure deux secondes.

Je penche la tête, j'inspire dans le flacon.

Mon cerveau fait un vol plané, je tombe assise. Le monde est à l'envers. Mon cœur frappe fort, tout tourne, leurs rires, leurs visages, leurs cheveux.

J'ai peur.

La voix de Léo, dans mon oreille :

– Ça va passer… C'est rien.

Les images se stabilisent, j'avale une bouffée d'air.
– Ça va ? fait Léo.
– J'ai cru que j'allais mourir, je souffle.
– Un *bad trip* avec du poppers, il raille, je ne savais même pas que c'était possible.

JE N'AI JAMAIS

Je ne sais pas comment ça arrive, mais on se retrouve tous sur la plage, assis en rond autour d'un feu de camp.

– On joue à *Je n'ai jamais* ! lance une fille que je ne connais pas.

J'ai jamais.

On pourrait mentir, mais on ne ment jamais. Peut-être que c'est à cause de l'alcool, que c'est tout l'intérêt du jeu, ou parce que, de toute façon, si on ment, ça se voit.

Thelma et Jasmine sont en face de moi, de l'autre côté du cercle. Ça ne peut que mal tourner. On a tous trop bu. Sacha, assis à côté de moi, déclare :

– À toi l'honneur, Véda.

Je lève mon verre en direction de Jasmine.

– J'ai jamais couché avec le mec de ma pote.

Le silence tombe. Jasmine secoue la tête, dépitée. Elle boit.

– À toi, Jasmine, enchaîne Sacha.

– Non merci.

Thelma se redresse.

– Je prends son tour, elle déclare.

Elle lève son verre vers moi.

– J'ai jamais échangé ma meilleure amie contre une Berlinoise de passage.

Je bois. Tends mon verre et je déroule d'une voix blanche :

– J'ai jamais fait de post Instagram sur la mort de Suzie pour me rendre intéressante. Alors que le reste du temps j'en ai rien à foutre.

Elle ne boit pas. Répond du tac au tac :

– J'ai jamais laissé ma meilleure amie rentrer chez elle alors que je savais qu'elle avait envie de mourir.

Jasmine se lève.

– Arrêtez !

– J'ai essayé de la retenir, je dis. J'ai essayé !

Thelma poursuit :

– Quand je t'ai rejointe au foyer, que je t'ai demandé où elle était, tu m'as dit : « Elle est chiante, en ce moment. Elle se plaint tout le temps. Ça va jamais. Elle fait tout le temps la gueule. » Elle a essayé de te parler ! Tu savais qu'elle allait mal ! Si tu l'avais écoutée, vraiment écoutée, peut-être qu'elle serait encore là.

Je suis paralysée. Thelma continue :

– Allez, Véda. Dis-moi que c'est faux !

Je me lève. Je cours sur le sable sec, il retient mes pieds.

Le rhum, le Coca, l'angoisse, tout brûle mon estomac.

Je m'assieds sur un banc de la digue. Me prends la tête dans les mains, étouffe un cri de rage.

– Ça va ?

C'est Léo. Une vague noire me submerge, je ne bouge pas.

– Je peux m'asseoir ? il demande.

Il s'assied. Sa Reebok blanche gratte le sable.

– C'est pas ta faute, si elle est morte, il dit. C'est son choix à elle.

Je ne veux pas parler de ça avec lui. Il me tend la bouteille de Coca remplie à moitié de rhum. L'odeur me donne envie de vomir. Je prends une gorgée. Il passe la main derrière ma tête, tourne mon visage face au sien. M'embrasse. Sa barbe de trois jours brûle mon eczéma. Ma bouche reste close sous la sienne. Il caresse ma cuisse.

– Tu m'excites.

– Arrête, je dis.

Il essaie de m'embrasser, sa main pétrit ma hanche. Je m'arrache du banc.

– Arrête ! J'ai pas envie !

Il rit, narquois.

– C'est vrai ce qu'on raconte, alors ?

Je tremble.

– Quoi ?

– T'es gouine.

– Qui t'a dit ça ?

– Tout le monde le sait. C'est pour ça, que tu m'as quitté.

– Je t'ai quitté parce que tu m'as trompée. T'as couché avec Jasmine !

– Et deux jours après, tu te tapes une meuf.

Je me sens vide. Le vent pourrait me jetter contre les dunes.

– C'était pas de l'amour, toi et moi, je dis. Le nombre de fois où tu m'as insultée, pour rire, devant tes potes. Tu m'as jamais invitée chez toi. T'as jamais dormi chez moi. Même quand y avait pas mes parents, on couchait ensemble, tu fumais une clope, tu partais. Parce que tu préférais te réveiller dans ton lit. Et moi, je me sentais tellement seule. Alors que c'est ce qu'il y a de mieux, de s'endormir dans les bras l'un de l'autre, de se réveiller tous les deux ! Toi et moi, je croyais que c'était ça l'amour ! Mais pas du tout.

– T'es gouine, t'es méga, méga gouine.

– Je sais ce que t'as fait à Malik. Il va porter plainte.

Un silence. Au loin, le roulis de la mer. Je crois entendre gémir le goéland mourant.

– Dis-moi, Véda, elle est où, la sirène ?

Je me glace. Il ajoute :

– Ça fait des jours que je te couvre. Ce serait très facile pour moi, de te balancer aux flics.

Mon cœur cogne. Je vois les flics à la maison, les articles dans *La Voix du Nord*, le jugement pour la garde de Gabrielle : accordée au père.

– Fais pas ça, je dis.

Il donne un petit coup de pied dans ma basket.

– Eh ben dis à ton pote Malik de fermer sa grande gueule.

J'écrase mon poing sur ma bouche pour m'empêcher de hurler.

LE BANC DE SABLE

Pendant longtemps, les marins ont pensé que les bancs de sable avaient leur vie propre, leur libre arbitre. Qu'ils se soulevaient pour faire s'échouer les bateaux. C'était un bon moyen de ne pas assumer les erreurs de navigation, les choix.

C'est ça que je ressens, en larmes, assise sur mon banc, les joues rougies par le vent. Je suis échouée et je me dis que c'est la faute du banc de sable. Mais au fond, je sais. Je n'aurais jamais dû aller à cette soirée.

Mon téléphone vibre, vibre, vibre dans ma poche.

Frankie
Désolée, j'avais plus de batterie

J'ai pas réussi à repartir pour la France.
C'était trop dur de quitter Berlin. Je ne sais pas encore ce que je vais faire mais je suis pas sûre de rentrer à Dunkerque. Je pense à passer

le bac allemand, ma mère a l'air ok. Je suis
un peu paumée. Bisous

Je suis désolée, désolée, mais j'ai pas
pu monter dans ce bus.
Viens vite me voir. Tu me manques.
Demain, je performe au SchwuZ,
je t'enverrai une vidéo

Elle me joint une nouvelle photo de *Tara*, le voilier d'exploration glaciaire. Et une petite annonce scotchée sur la coque : « Cherche personnel de cuisine. »

Je remonte sur mon vélo, direction le port, chez ma mère.

Ma valise est chez elle.

Je sais exactement où je dois aller.

T'EN VA PAS

Cette nuit, quand je suis rentrée, ma mère dormait devant la télévision. Au bruit de la porte, elle a ouvert les yeux.

– T'es là, toi ? elle a souri. Tu dors ici ?

– Oui.

– Réveille pas ta sœur. On parle demain ? Au petit déjeuner ? Je te fais des gaufres ?

Elle n'a pas attendu ma réponse pour retourner dans sa chambre.

Vite, j'ai regardé les trains pour Lille, les bus pour Berlin, j'ai fait ma valise en silence, dormi trois heures sur le canapé, me suis réveillée à 6 heures.

J'étais presque arrivée au but, j'avais la main sur la poignée de l'entrée.

Mais Gabrielle sait toujours quand quelqu'un sort de la maison. Toujours, elle vient réclamer un câlin.

Là, elle se tient devant moi, dans son pyjama à queue de Marsupilami, elle mâchonne son pouce.

– Tu vas où ? T'as dormi ici ? T'es réconciliée avec maman ?

– Moins fort, je chuchote.

– Tu vas où ?

– Au food-truck.

– Je veux mon câlin du matin.

Elle retourne dans sa chambre.

Dans son lit, en veste en jean, je me blottis contre elle, replie les jambes, laisse dépasser mes baskets du matelas. Je prends ma petite sœur dans mes bras. Inspire à fond l'odeur de son shampooing à la pomme.

– C'est quoi après la mort ? elle demande.

– Je sais pas. Personne sait.

– Dis-moi la vérité.

– La mort, c'est la mort. Les vivants savent pas ce qu'il y a après. C'est justement ça, le truc de la mort.

Elle prend une voix suppliante.

– S'il te plaîîîît. Je sais que les adultes savent. Tu dois me dire.

Il faut que j'en finisse. Je veux partir.

– Le problème, je dis, c'est que les adultes ont interdiction de révéler ce secret aux enfants.

– Vraiment ?

– Si je te raconte ce qu'il y a après la mort, j'irai en taule.

– C'est nul.

– Mais t'en fais pas une montagne. C'est un peu décevant de toute façon.

– Pourquoi tu pars avec une valise ?

– C'est des trucs que je veux emmener chez mon père.

Elle croise les bras, prend un air renfrogné.

– Où que tu ailles, je viens avec toi. Ma décision est décidée.

– Je te promets que je vais revenir vite.

– Tu vas où ?

– Je peux pas te dire.

Elle prend une toute petite voix.

– Tu vas rater la kermesse de l'école ?

Je la serre contre moi.

– Je serai au premier rang.

C'est le pire mensonge jamais sorti de ma bouche.

– Pendant mon absence, tu peux prendre mes vieilles protections de roller, j'ajoute.

Elle adore se jeter au sol avec mes protections de roller.

– Pourquoi tu pars ?

– J'ai des problèmes, je peux pas rester ici.

Elle enfouit son visage dans mes cheveux,

– Des graves problèmes ?

J'avale un bol de larmes.

– Pas des problèmes qui te concernent.

Elle chuchote :

– Lorsque nous atteignons notre point le plus bas, nous sommes ouverts aux plus grands changements.

– C'est dans *Le Meilleur Forgeron* ?

– Non. *Avatar, le dernier maître de l'air.*

Je la regarde dans les yeux.

– J'ai une mission pour toi !

Un grand sourire s'affiche sur son visage.

– Tu peux t'occuper de Beyoncé ?

– Oui !

– Il faut changer la branche de son terrarium, lui parler, lui donner deux criquets le soir. Remplir l'eau de son bain.

– D'accord.

Je m'extirpe de son lit.

– Véda !

Elle se met à genoux sur son lit. Elle a grandi ces derniers temps. Sa tête touche presque les lattes de mon lit.

Elle me lance la balle magique. Je la rattrape, la mets dans ma poche.

Ça fait longtemps qu'on n'a pas joué à ça. C'est une balle invisible qu'on fait semblant de s'échanger, on la fait passer au-dessus de nos têtes, sous nos jambes.

Ce que j'adore avec la balle magique, c'est que tu ne peux jamais la louper.

VÉDA S'EN VA

21 heures, Lille, départ du bus. Le chauffeur parle allemand. Il installe les filles et les femmes qui voyagent seules au rez-de-chaussée. Aux familles et aux hommes, il ordonne d'aller à l'étage, en tendant le bras vers les marches.

Je me sens libre, sans attache, je me demande pourquoi je ne suis pas partie plus tôt.

J'ai laissé mon téléphone dans la soute, pour ne pas être tentée de l'allumer, d'écrire à Frankie. Avant le départ du bus, j'ai couru au magasin de sport de la gare. J'ai acheté tout l'équipement pour naviguer vers l'Antarctique. Blousons high-tech résistant aux températures extrêmes, blanquette de veau lyophilisée, bottes en caoutchouc, bonnet, compas, boussole, jumelles...

J'ai dépensé 600 euros de mon enveloppe « Bye bye Dunkerque ».

Dans le filet du siège devant moi, je coince la figurine Golden Wu de Gab. J'ai piqué quelques trucs dans sa boîte à goûters : trois crêpes Whaou, quatre Pom'Potes banane-fraise.

Le bus démarre. Quand j'étais petite, ma grand-mère me disait : « Si un jour tu fugues, tu viens chez moi. » Mais je ne peux pas, elle est morte.

La route défile. La tête contre la fenêtre, je me prends pour une fille mélancolique dans un film. De temps en temps, je pense à Frankie et une bouffée de joie me remplit. J'imagine tout à fait la scène : Frankie Lécume performe, aperçoit Véda dans le public, ses yeux s'illuminent. Elle descend la rejoindre. Véda lui dit : « On embarque sur *Tara*, je suis venue te chercher, on part faire le tour du monde. » Je nous imagine sur le bateau, enlacées dans notre couchette...

23 heures : je me réveille à Anvers, en Belgique. Une fille de mon âge monte dans le bus. Elle porte une veste en faux cuir jaune qui couine quand elle bouge les bras. Elle se laisse tomber dans le fauteuil derrière moi, elle porte un parfum vanillé, sucré.

Quelqu'un gonfle son coussin repose cou. Un autre coussin chuinte, encore un autre. Ça sent le plastique. Je me retourne, passe la tête entre mes deux sièges. La fille en jaune pianote sur son portable, sourire aux lèvres.

– Je peux baisser mon fauteuil ? je demande.

– Ouais, mais pas trop.

Cette fille, ce n'est pas le genre à se laisser faire. Plutôt à défendre son territoire.

La fille passe un paquet de biscuits entre les sièges.

– Tu veux un Granola ?

J'attrape le paquet. L'ouvre. J'avale un biscuit, deux, trois. Une bouillie chocolatée et sucrée dans ma bouche.

– Tu vas où ? elle dit.

Je tords le cou pour lui parler.

– À Berlin. Et toi ?

– Düsseldorf ! Retrouver ma meilleure amie. Viens à côté de moi, si tu veux ! Ça passera plus vite.

JE NE SUIS PAS UN SOLDAT AMÉRICAIN

– Jenna.

– Véda.

Des étoiles argentées sont dessinées sur chacun de ses ongles. Ses cheveux roux presque rouges s'emmêlent en paquets, elle a les dents blanches. Elle est belle. Même ses boutons d'acné sont bien placés sur ses pommettes. On dirait du blush.

Elle donne un coup de menton vers le haut du bus :

– Heureusement que les gosses sont à l'étage. J'aurais pas supporté de les entendre brailler. J'ai grandi avec neuf frères et sœurs. Je me suis barrée à dix-sept ans, j'en pouvais plus. Ma mère, elle sait pas s'en occuper. Et toi, ta mère, elle est comment ?

– En ce moment, c'est compliqué.

– Et ton père ?

– Il est super, mais il ne me comprend pas trop.

J'ai un flash. Mon cœur a un hoquet.

– On est le combien ?

– Le 7 mai.

Oh non.

– Ça va pas ? demande Jenna. T'as l'air paniquée tout à coup.

– On devait faire *Le Jeu des 1 000 euros*. C'est un jeu à la radio. Ils passent près de chez nous.

Je pense à papa tout seul dans la salle des fêtes de Dunkerque, à m'attendre alors qu'autour de lui, c'est l'effervescence.

– T'inquiète, il va le faire avec un copain, son jeu. Tu vas pas te gâcher ton voyage pour ça ! Pourquoi tu vas à Berlin ?

– Je fais une surprise à ma copine.

Je dis « copine », pas « amoureuse ». Je ne précise pas, parce que j'ai peur qu'elle me voie d'un autre œil, qu'elle n'ait plus envie de me parler, qu'elle se méfie de moi, qu'elle soit mal à l'aise.

– Ta copine, copine ? Ta meuf ?

Je me sens rougir.

– Je suis bi, moi, elle ajoute. C'est quoi, ta surprise ?

– Elle ne sait pas que je viens à Berlin !

J'attends une phrase admirative. Mais son sourire tombe, elle fait une moue perplexe, déclare :

– Je suis contre les surprises. Tu connais les *homecoming* ?

Elle tire son portable, coincé sous ses cuisses. Me montre une vidéo : *Surprise homecoming*. À l'écran, dans une salle de classe, des enfants font des coloriages et des colliers de perles. La porte de la salle s'ouvre sur un soldat, avec l'uniforme et tout. Une petite fille pousse un cri de stupeur : « *DADDY*[30] *!* » Secouée de sanglots, elle se jette dans les bras du soldat.

– C'est trop beau, je dis.

– Imagine, s'il avait annoncé son retour, toutes les journées de bonheur que sa fille aurait eues avant leurs retrouvailles ! Elle aurait été excitée pendant une semaine, deux semaines. C'est déjà ça de gagné dans une vie, non ?

Je vois où elle veut en venir.

Elle tire la veste en faux cuir jaune sous son menton.

– Bon, elle dit. J'ai sommeil.

Ferme les yeux.

Je retourne à ma place. Me laisse éblouir par les phares des voitures qu'on croise. Je n'ai pas prévenu Frankie de mon arrivée, parce que j'ai peur qu'elle m'écrive « ne viens pas ».

Je ne saurais plus quoi faire de moi.

3 heures du matin : Düsseldorf. Jenna descend. Sa meilleure amie trépigne devant le bus. Une fille en cuissardes noires.

Elles se sautent dans les bras, se serrent. Je suis contente pour Jenna, qu'elle ait une amie comme ça. Ça me fait penser à Thelma. Je voudrais qu'elle soit avec moi.

Vite, je descends du bus. Récupère mon portable dans la soute. Je l'allume, le cœur serré. Il sonne,

---

30. « Papa ! »

sonne, sonne, des messages de papa, maman, tout le monde. Je ne les ouvre pas. J'écris à Frankie :

Je suis dans un bus pour Berlin.
Arrivée demain matin

Si tu préfères pas me voir, dis-moi.
Pas grave. Je visiterai Berlin. Pas de pression

Mais quand même, ça me rendrait un peu triste

Oublie ces messages. J'arrive.
Dis si tu veux qu'on se voie

Elle répond dans la seconde :

T'es ouf !!! T'arrives à quelle heure ?
Trop hâte

BERLIN, BERLIN

Frankie
T'es bien arrivée ? Tout va bien ? Si t'as besoin de quelque chose, écris-moi
Faut que je me prépare pour ma perf ! C'est pas grave si on se voit que ce soir ?

J'ajoute un pouce à son message. J'espérais qu'elle m'attendrait à la gare.

À la gare routière de Berlin, le bus se range à côté d'une dizaine semblable à lui. Je descends, la nuque raide et le cœur léger. Une mère et ses fils tiennent une banderole « *43 days was a lot, but we would have waited for you forever*[31] *!* ». Je voudrais qu'un jour, quelqu'un m'attende avec une banderole.

Frankie
Passe chez Wagner Berlin ! Meilleure boutique de la Terre. Va voir la Spree ! Va voir TARA !

31. « 43 jours c'était beaucoup mais on aurait pu t'attendre pour toujours ! »

Mange un Currywurst ! Visite le Skatehalle !
Meilleur spot de skate du monde, ça va te plaire.
À toute, love

Love, elle a écrit *love*. Je suis toute seule dans une ville que je ne connais pas mais Frankie me love.

Je lève les yeux. Tout est immense, grand, bruyant, rempli. Dans le ciel bleu, un soleil froid, mon temps préféré.

TÉLÉPHONE DE VÉDA

Véda à maman ; à papa
Coucou, je veux pas que vous vous inquiétiez.
Je suis partie à Berlin

J'ai décidé d'embarquer sur Tara,
le voilier d'exploration glaciaire

Je vous enverrai des nouvelles régulièrement.
Promis. Je ne pars pas seule, je suis avec
une copine. C'est mon rêve, j'espère que
vous comprendrez

Je passerai mon bac l'an prochain.
J'ai de l'argent de côté, un point de chute
chez une amie. No worries

Maman, tiens-moi au courant pour le jugement,
s'il te plaît.
Bisous

DEVANT LES SPHINX

La nuit est tombée. J'attends depuis un quart d'heure sur le trottoir en face du SchwuZ. Je n'ose pas entrer. La porte est gardée par un garçon, perché sur un haut tabouret ; il ressemble à un héron. Ses bras sont couverts de tatouages, son visage percé d'anneaux argentés. À côté de lui, une fille aux cheveux rouges fume une cigarette électronique. C'est comme s'ils attendaient pour poser l'énigme du Sphinx. Plusieurs personnes ont déjà franchi la porte du club. L'une avait les cheveux rose pâle et une banane en peluche rose fluo, l'autre une robe et des bottines argentées, une autre avait le même top à strass que le mien. Toutes ont échangé quelques mots avec les deux sphinx, qui les ont toutes laissé entrer. Et moi, vais-je pouvoir passer ?

Aujourd'hui, j'ai suivi le programme de Frankie. J'ai marché dans Berlin, je me sentais tour à tour insignifiante, puis immense, puis de nouveau insignifiante. Dans ces moments-là, je suivais les fissures sur les trottoirs et je me chantais une chanson que Gabrielle a apprise en vacances à Londres : « *Step on a crack, you'll break your mother's back, step on a line, you'll break your father's spine*[32]. » Hyper glauque, cette chanson, mais grâce à elle, je me sentais plus calme. L'avantage des fissures, c'est qu'il y en a sur tous les trottoirs du monde.

La façade de la boutique Wagner Berlin était couverte de drapeaux arc-en-ciel. Dans la vitrine, un mannequin portait un débardeur en filet à strass. J'avais vu les mêmes sur une photo d'Angèle et de ses danseurs. *C'est beau sur les danseurs d'Angèle parce qu'ils sont beaux, les danseurs d'Angèle*, a sifflé une voix dans ma tête. *Sur toi, ça va ressembler à quoi ?* Je n'ai pas écouté la voix, j'ai acheté le top. Je le porte sous mon blouson.

J'ai eu faim. Le long de la rivière, j'ai croisé un type avec des dreadlocks tellement longues qu'on aurait dit qu'il allait marcher dessus.

– *Where can I find some Currywurst*[33] ? j'ai demandé.

Il avait un sourire sympa. Il m'a dit « *everywhere*[34] » et m'a montré un stand de hot-dogs « *Best Currywurst in town*[35] ». J'ai acheté une saucisse coupée en rondelles arrosée d'une sauce

---

32. « Marche sur une fissure, tu brises le dos de ta mère, marche sur une ligne, tu brises celui de ton père. »

33. « Où est-ce que je peux trouver des *Currywurst* ? »

34. « Partout. »

35. « Meilleur *Currywurst* de la ville. »

brune, épaisse et sucrée. Je l'ai mangée au milieu de la rue, devant tout le monde. À Dunkerque, quand je mange quelque chose de sucré ou de gras dans la rue, j'ai l'impression que les gens me regardent, me jugent, pensent : *une fille déjà grosse qui mange des trucs de gros ? Elle devrait pas !* Mais là, je m'en foutais. J'ai continué ma route. Je suis passée dans une rue pleine de pâtisseries turques, aux vitrines remplies de gâteaux dorés au miel. C'était écrit « BAKLAVA » en rouge. Je suis entrée dans le café indiqué par Frankie : *Three Sisters*[36]. C'était une petite chapelle, coincée entre des bâtiments abandonnés aux murs couverts de graffitis. À l'intérieur, tout était silencieux, le soleil blanc passait à travers les fenêtres à carreaux, le parquet foncé – du chêne massif, j'en suis sûre – grinçait sous mes pieds. J'ai eu envie d'envoyer des photos à mon père. Il aurait trouvé cet endroit magnifique. Sur le mur, derrière le bar, j'ai lu : « *Creative people need time to sip coffee and do nothing*[37]. » J'ai pensé que j'aimerais ça, être une de ces *creative people*. Je me suis assise à une table contre la fenêtre. La serveuse était belle : col roulé noir, piercing au nez, pas de maquillage. J'ai commandé un cocktail au hasard ; un mimosa. Elle m'a fait un clin d'œil et m'a proposé une carte de fidélité. J'ai dit que je n'étais là que pour une

36. « Trois sœurs. »

37. « Les gens créatifs ont besoin de temps pour siroter du café et ne rien faire. »

journée, alors elle m'a tendu une petite carte, l'a tamponnée six fois et a dit :

– *The seventh is for free*[38].

Je me suis sentie belle et importante.

Un rayon de soleil dorait la rondelle d'orange dans mon verre. J'ai bu une gorgée de fines bulles, et d'un coup, tout m'a semblé facile et léger. Je crois que c'est parce qu'autour de moi, tout était joli, équilibré. Rien de grave ne pouvait m'arriver. C'était un moment parfait.

Et là, dans la nuit, devant le SchwuZ, je me souviens du sourire de cette fille qui a tamponné six fois ma carte de fidélité. Je vaux mieux que ce que je crois. *Courage, Véda.* J'ouvre ma veste pour montrer mon top à strass, et j'avance.

38. « Le septième est gratuit. »

I AM LESBIENNE

– *Hello*, je dis.

Le garçon héron m'arrête :

– *Have you been here before*[39] ?

– *No.*

– *Do you know about "FLINTA*[40]*"?*

Je me souviens de ce mot. Je l'ai vu sur une affiche dans la chambre de Frankie.

Je n'ai pas osé lui demander ce que c'était, j'avais peur de paraître inculte.

– *I don't know*[41], je réponds.

– *Where do you come from*[42]*?* continue la fille, avec un regard doux.

– France.

Elle explique, très vite sans respirer :

---

39. « Tu es déjà venue ici ? »

40. « Tu sais ce que c'est "FLINTA" ? »

41. « Je ne sais pas. »

42. « D'où tu viens ? »

– FLINTA means: Frauen, Lesben, Intergeschlechtliche, nichtbinäre, trans und agender Personen. Are you okay with that[43]*?*

J'ai rien compris, sauf « lesbienne ».

– *I am* lesbienne.

C'est la première fois que je le dis à voix haute. Je me redresse, je répète :

– *I am* lesbienne.

Ils se regardent, amusés.

– *I am here for the drag-king show*[44]. Frankie Lécume.

Le mec ouvre le bras.

– *Welcome, French lesbian. Love your top, by the way*[45].

C'est comme s'il m'avait embrassée sur la joue.

---

43. « FLINTA signifie : femmes, lesbiennes, intersexes, non binaires, trans et agenres. T'es OK avec ça ? »

44. « Je suis ici pour le king show. »

45. « Bienvenue à toi, lesbienne française. D'ailleurs, j'adore ton haut. »

WHAT ABOUT MY MASCULINITY?

J'avance dans un long couloir sombre, sous des néons roses collés au plafond. J'ai la sensation d'entrer dans un autre monde, comme Alice au pays des merveilles. La techno trace un chemin jusqu'au bar. Je passe devant des étagères remplies de goodies du SchwuZ : canard en plastique à tête de chien, badge lumineux en forme de vulve, sac banane à imprimés de petites bouches.

Je prépare ce que je vais dire à Frankie :

Frankie, est-ce que tu veux partir avec moi sur Tara ? *J'ai acheté tout ce qu'il faut. On peut y aller toutes les deux. Frankie, je t'aime, je veux faire ce voyage avec toi. On va voir le plancton en Antarctique. J'ai de l'argent pour nos dépenses. J'ai même pris le mot d'Ellen MacArthur, je le montrerai, et ils nous emmèneront jusqu'aux icebergs.*

Le bar est bondé, il y a déjà toute une foule assise devant la scène, les petites tables rondes sont presque toutes pleines. Il fait chaud. Au milieu des cheveux multicolores, des tatouages, des tops à résille et des piercings, je cherche Frankie et je ne la trouve pas.

Il n'y a pas de réseau pour lui envoyer un message. Je m'approche du comptoir : une grande alcôve en forme de bouche rouge aux dents blanches. Et dans la bouche, deux barmaids servent des bières et des cocktails. Je commande une bière. La serveuse me fait un clin d'œil. J'attrape le sourire d'un drag-king à la barbe bleue, celui de quelqu'un aux longs cheveux roses, qui porte des lentilles blanches et un harnais en cuir, d'un autre king en soutane verte. Une auréole en LED clignote au-dessus de sa tête.

Même si je ne connais personne, je me sens à ma place. Je ne croise que des regards doux.

Tout à coup, une voix haut perchée lance un « *Welcome to the kiiiing show*[46] *!* ».

Le public s'assied, se tasse devant la scène.

Un drag-king entre, somptueux ! Couronne de prince, cape de velours rouge, minishort en jean. Ses cuisses musclées sont poilues, son torse imberbe. Nez fin, moustache. Sa voix chantonne, grimpe, descend, il parle anglais, avec beaucoup de « y ». Je ne comprends rien à ce qu'il raconte sauf « *oopsie* » et « *alrighty* ». Je prends l'air inspiré, fasciné par le show, au cas où Frankie me regarderait depuis les coulisses. Le king claque des doigts dans l'air, tous les spots s'éteignent. Il s'adresse à nous en français, avec un accent allemand :

– Faites un triomphe à notre *frenchiiiie* ! FRANKIE LÉCUME !!!

46. « Bienvenue au king show ! »

Partout autour de moi, des gens du public crient son nom.

– *Yeah* Frankiiie !

Un spot blanc éclaire la scène. Frankie apparaît, chemise de bûcheron rouge et noire. Mon cœur s'arrête. Il y a des notes de piano. Puis le silence. Quelques doigts claquent dans la salle. Les mains de Frankie tremblent, ses jambes aussi.

Une voix d'homme sort des enceintes et chante :

« *What about my masculinity?*

What the fuck is wrong with my body? »

Frankie marche comme sur un tapis roulant, les épaules en arrière. Fière, grande. La musique accélère, la voix du chanteur aussi. Frankie arrache son pantalon à scratchs d'un coup sec. Ses lèvres bougent, articulent les paroles.

« *Do I walk like a boy?* »

Elle frappe ses cuisses.

« *Do I speak like a boy?* »

Caresse sa bouche.

« *Do I stand like a boy?* »

Tapote son crâne du bout des doigts, puis les jette vers le ciel.

« *Do I kiss like a boy*[47]*?* »

---

47. « Qu'y a-t-il avec ma masculinité ? Qu'est-ce qui ne va pas avec mon corps ? Est-ce que je marche comme un garçon ? Est-ce que je parle comme un garçon ? Est-ce que je me tiens comme un garçon ? Est-ce que j'embrasse comme un garçon ? », LUCKY LOVE – Bruyère, L., Lladosa, A., Châtelain, J., Nömak, Del Rosso, P., Prinzly, Hookey, S. (2022). « MASCULINITY (MY OWN ABILITY) ». Dans *TENDRESSE*. Belem Music.

Lance un baiser au premier rang.

Frankie ne tremble plus. Ses bras tournent, tournent, s'enroulent autour de sa tête, de son torse, elle plie son corps, le déplie. Dans le public, des cris « *We love you Frankiiie!* » Des sifflements. Des claquements de doigts. Tout le monde la connaît, tout le monde l'aime.

Frankie arrache sa chemise. Elle se penche en arrière, bras ouverts, se redresse. La musique s'arrête. Elle sourit, immense, ses yeux, son menton, ses sourcils, tout sourit.

Elle m'éblouit, aussi lumineuse que le spot blanc de la scène.

Et tout à coup, ça me frappe : je ne sais rien de Frankie Lécume.

Sa vie est ici. Elle appartient à Berlin.

Elle ne partira pas avec moi sur *Tara*.

Je ne regarde même plus sa performance, juste le vide.

Qu'est-ce que je vais faire ?

– Véda !

Frankie a bondi de scène et court jusqu'à moi. Le cœur écrasé entre les côtes, je ne bouge pas. À peine si je lève les yeux vers elle. J'en ai envie, pourtant. Mais je n'y arrive pas.

– *Ich habe dich vermisst*, elle sourit.

– J'ai fait espagnol, je dis.

– Tu m'as manqué.

Elle voit le sac de vêtements à mes pieds, y plonge la main, en tire un des deux blousons marins que j'ai achetés à Lille.

– Tu vas performer ? elle demande.

KING EXTINCTEUR

Dans les coulisses, Frankie frotte sur mon menton une pincée de poussière de cheveux, hérisse mes sourcils au gel. Qu'est-ce que j'aurais dû lui dire ? *Je suis venue ici pour que tu embarques avec moi sur un bateau d'exploration glaciaire. On va voir le plancton briller en Antarctique.* Comment j'ai pu être aussi bête ?

–*And now ladiiiiies and ladiiiiies…*

King Charles pousse ses « iii » dans les aigus.

–*A little surpraaaaaïïïïse ! A little frenchiiie baby kiiiing*[48] *!*

Frankie m'embrasse.

–Quoi que tu fasses, elle promet, iels vont t'applaudir.

Je monte sur scène. Éblouie par les spots, je ne vois rien. Le public est plongé dans le noir, je devine seulement les silhouettes.

King Charles me tend le micro.

48. « Et maintenant, mesdames et mesdames… Une petite surprise ! Un petit bébé king français ! »

– *What's your name, handsome*[49]*?*

– *I don't know*[50]*.*

– *He does not have a name, but he's hot*[51]*!*

Il me montre un extincteur au fond de la salle et demande :

– *What's this in French*[52]*?*

– Extincteur.

– King Extincteur !

Il me souffle à l'oreille :

– *They will love you no matter what*[53]*.*

Je le sais, Frankie me l'a déjà dit. Mais ça ne m'apaise pas. Pas du tout. Je n'ai aucune envie d'être là. Mes mains tremblent tellement fort, je ne sais pas comment le micro tient entre mes doigts. Il pèse une tonne.

– *Hello*, j'articule.

« YAAAAAS ! » ; plusieurs doigts claquent dans l'air.

Je reste plantée sur la scène. Incapable de bouger. J'avance un pied. L'autre pied.

– *... I'm sorry. I don't*[54]*...*

Tout le monde applaudit, hurle pour m'encourager.

Je descends de la scène. Derrière la console du son, j'attrape mon sac.

---

49. « Comment tu t'appelles, beau gosse ? »

50. « Je sais pas. »

51. « Il n'a pas de nom, mais il est canon ! »

52. « Comment on dit ça, en français ? »

53. « Ils t'aimeront quoi qu'il arrive. »

54. « Je suis désolée. Je peux pas… »

Je bouscule tout et tout le monde. Je traverse le couloir. Je sors du hangar, repasse devant les deux à l'entrée, toujours perchés sur leurs tabourets. La fille me dit :

– *Are you okay, French lesbian*[55]*?*

– *Yes. Yes I am*[56].

– Véda !

C'est Frankie.

Je me retourne. Je frotte ma bouche avec ma manche, ça brûle, ça pique.

Elle attrape mon bras.

– Arrête. Qu'est-ce qu'il y a ?

Elle n'a plus son égratignure sur le nez, la croûte a disparu.

– Rien, je réponds.

Les mots restent coincés dans ma gorge.

– Je suis désolée, elle dit.

– De quoi ? je demande, sèche.

– De ne pas être revenue à Dunkerque.

Je te déteste Frankie. Je te hais.

– Je vais embarquer sur *Tara*, je déclare, distante.

Qu'est-ce qui me prend ?

– Je suis allée les voir ce matin, je mens. J'embarque avec eux. Je voulais te l'annoncer en vrai. C'est pour ça que je suis venue à Berlin. Pas pour te voir. Pour partir.

---

55. « Est-ce que ça va lesbienne française ? »

56. « Oui. Oui ça va. »

Elle hoche la tête, surprise. Je ne sais pas pourquoi je mens, ça fait comme une armure autour de mon corps, qui me protège.

Elle écarquille les yeux.

Je hoche la tête. Me redresse.

– Je m'en vais.

– C'est génial !

Je scrute son visage pour trouver un pli de chagrin, une larme de regret. Mais je ne vois rien. Je ravale mon « Tu viens avec moi ? ». Elle m'enlace. Je me raidis. Elle m'embrasse. Mes lèvres se ferment. Pourtant, tout ce que je voudrais, c'est fondre dans ses bras, sa bouche, ses cheveux.

Une voix dans mon dos :

– *Are you okay King Extincteur?*

C'est King Charles, enveloppé dans sa grande cape de velours rouge.

Frankie relâche son étreinte.

Je fais oui de la tête.

– Véda s'en va, dit Frankie, fière.

Elle ajoute :

– En Antarctique.

King Charles me lance un regard admiratif puis, à Frankie :

– C'est ton tour !

– Ma deuxième perf ! elle annonce. Tu viens ?

Je fais oui de la tête.

Je la regarde disparaître dans la foule. Je jette mon sac sur mon épaule, m'éloigne du club.

AU BORD DE LA SPREE 3

Maintenant, je vais vous raconter comment je me suis retrouvée ici, au bord de la Spree. Après avoir planté Frankie au SchwuZ, j'ai passé la nuit dehors, à marcher. J'ai seulement dormi deux heures, dans le petit jardin d'un immeuble. Puis je suis venue m'asseoir face à *Tara*. J'ai reçu plein de messages de Frankie, dont celui-ci à 7 heures du matin :

Frankie
Pourquoi t'es partie ?
Tout va bien ?

J'ai envie de lui écrire. Mais je ne veux pas qu'elle croie que j'ai besoin d'elle. Et au fond, ça me plaît, qu'elle s'inquiète.

Il est 8 heures 45 quand un marin en uniforme sort de la cabine, balai à la main. Il me voit, me salue d'un signe de la main. Pour me donner du courage, j'imagine l'article que *La Voix du Nord* publiera à mon sujet.

« Une jeune Dunkerquoise traverse l'Europe pour embarquer sur *Tara*, le voilier d'exploration glaciaire. Elle déclare : "Je voulais voir les aurores boréales, les banquises et les lamantins." »

Allez, Véda. Haut les cœurs !

Je me redresse. Lisse mon pantalon. Zippe ma veste jusqu'au cou pour qu'on ne voie plus le top en strass. Frotte ma bouche pour effacer les dernières traces de ma fausse barbe.

– *Hello !* je dis.

Le marin répond quelque chose en allemand, que je ne comprends pas.

– *Frankrich*... je tente. *French!* Vous êtes français ?

Il hoche la tête.

– Je peux monter ? j'ajoute.

– Venez !

Je traîne mon sac sur la passerelle d'accès, il me tend le bras, j'attrape sa main, grimpe sur le pont.

– J'ai vu votre petite annonce. Je peux faire la cuisine, j'ai beaucoup d'expérience en plonge, en cuisson de maquereaux grillés.

Il sourit, enthousiaste.

– Et j'ai une lettre de recommandation d'Ellen MacArthur. Vous la connaissez ?

Je sors la carte postale de mon sac.

« *Dear Véda, if you ever feel like sailing, give me a call!* »

Il la lit, s'étonne :

– *Sailing* ?

Je lui tends mon enveloppe « Bye bye Dunkerque ».

– Pour payer ma nourriture, mes draps. J'apprends vite. Je saurai manier les voiles en peu de temps. Je sais comment fonctionne un compas. Mon grand-père m'a montré quand j'étais petite. La mer, c'est mon rêve.

– Ça va pas être possible, il dit.

– Vous ne trouverez personne d'aussi déterminée que moi.

Il me regarde, désolé.

– Mais on ne navigue pas.

Aucun mot ne parvient à franchir ma bouche.

– Le bateau reste à quai pour encore quatre mois. Si on cherche quelqu'un, c'est pour la cafétéria. On fait des crêpes pour les visiteurs de l'expo.

L'information s'infiltre goutte par goutte dans mon cerveau.

– Vous ne partez pas… je dis d'une toute petite voix.

TOUT PREND L'EAU

Assise sur le pont du bateau, je fais défiler tous les messages que j'ai reçus de mes parents depuis hier.

Papa
T'es où ma chérie ? Je suis à la salle des fêtes. Les 1 000 euros ! Les sélections vont commencer !

Bon, j'y vais tout seul alors

J'ai gagné ! Le super banco !

Véda tu reviens tout de suite, ou j'appelle les flics !

Ma chérie reviens, je ne sais pas ce qu'il y a, mais on va trouver une solution. Je te donne les 1 000 euros pour ta fac, reviens !!!

Véda !

Au moins vingt de ma mère :

Véda, t'es où ? On s'inquiète

Véda, je suis désolée, Beyoncé est morte.
On l'a retrouvée inerte. J'ai appelé le vétérinaire,
il dit que c'est la vieillesse, elle avait quinze ans,
c'est déjà énorme pour un dragon d'eau
en terrarium

– Mais non !
De rage, je jette mon portable à l'eau.
– Putain !
Je saute par-dessus bord.
L'eau est froide. Je bats des pieds, des mains, effleure la vase, les branches. Je fouille l'eau à grandes brassées. Rien. Je remonte, un goût rance dans la bouche.
– Fait chier ! je hurle.
– T'es folle ? crie le marin depuis le pont.
Une bouée frappe l'eau à côté de moi.
– Attrape ça ! il dit.

Il m'a hissée sur le pont. Trempée, glacée, j'enfonce mes mains dans mes poches... VIDES ! Non ! Je me penche sur le bastingage. Scrute la surface. Rien que de la vase, des nénuphars.

– Tu ne ressautes pas, hein ! s'inquiète le marin.

Je me tourne vers lui. Lui montre l'eau.

– Mon enveloppe. Avec tout mon argent. Je l'ai perdue. J'ai travaillé toute l'année.

Dans la cabine de *Tara*, enfouie sous une couverture de laine, je bois le café que m'a servi le marin. La tasse réchauffe mes mains.

– Vous voulez appeler quelqu'un ?

Il me tend son téléphone. Parmi les numéros que je connais par cœur, il n'y en a qu'un que j'ai envie de composer.

DIS LA VÉRITÉ

Il est 21 heures, je suis assise à une table de la pizzeria *Zola*, au bord du fleuve.

– Salut sœurette !

Ben s'écroule en face de moi. Un gros sac de sport Adidas sur l'épaule. Mon frère est là, un bretzel à moitié mangé à la main. Comme un puzzle, le monde se reconstitue autour de moi.

Ben a pris le premier bus depuis Bruxelles. Je l'ai attendu toute la journée, j'ai fait une sieste dans une des couchettes du bateau, visité l'exposition *Tara*. Je suis restée des heures dans le noir, face à un écran qui montrait du plancton dans les profondeurs abyssales. Des formes transparentes, gélatineuses, aux reflets iridescents.

Ben commande une bière. Tout a l'air normal pour lui. Comme si on s'était donné rendez-vous ici depuis des semaines. Il me tend son bretzel :

– C'est fourré au fromage, un régal.

– Je suis désolée, je dis, de t'avoir fait venir jusqu'ici.

Il essuie les miettes au coin de ses lèvres avec une serviette en papier.

– Pourquoi tu voulais partir sur *Tara* ?

– La mer, c'est mon rêve. Tu le sais, non ? J'ai sauté sur l'occasion.

– Juste avant le bac ? Regarde-moi.

Il s'avance par-dessus la table, colle son front au mien. Comme quand on était petits : le mensonge, ça se voit dans les yeux. Il répète en détachant les syllabes :

– Pourquoi tu voulais partir sur *Tara* ?

Je déglutis.

– Je voulais que, pour une fois, ce soit moi qui parte.

– Quoi ?

– Toi t'es parti, Gabrielle va peut-être partir, Frankie est partie. Et moi, je dois rester là, regarder tout le monde s'en aller.

– C'est pas parce que les gens s'éloignent qu'ils disparaissent. Ils existent encore.

Il prend ma main :

– C'est pas comme Suzie. On va pas mourir.

J'ai l'impression d'être à côté de mon corps. Que tout est décalé, une fraction de seconde en retard.

– Ça va ?

Ben relève mon menton. Il essuie une larme sur ma joue. Lui aussi, on dirait qu'il va pleurer.

– Et nos parents ? je dis. S'ils se séparent ?

– T'es pas ma demi-sœur. T'es ma sœur. Toi et moi, c'est pour la vie. On s'en fout des parents. On a pas besoin d'eux.

Je hoche la tête.

Il pose son gros sac de sport sur la table.

– Ouvre. C'est pour toi.

À l'intérieur du sac, une paire de rollers agressifs à la coque rayée, aux lacets blancs noircis. Gros rollers, coque renforcée, *stoppers*, platines sur les côtés.

Des vrais rollers.

– Je les ai trouvés sur Vinted, il dit. C'est ta taille.

Il se lève.

– On va où ?

– Au Skatehalle.

BRETZEL THÉRAPIE

– Je vois même pas comment c'est physiquement possible, je dis.

On est assis en haut de la plus haute rampe du Skatehalle de Berlin. Dans le hangar, ça sent la bière, la sueur et le bois. Les rollers et les skates claquent de tous les côtés. Ben mange encore un bretzel. Nature, celui-là. C'est son cinquième en deux heures.

J'en arrache un morceau, le mâche. Un grain de sel croque sous ma dent. Je ne regarde pas la pente sous mes rollers.

– Je vois pas comment…

J'avale ma bouchée.

– … comment mes rollers horizontaux pourraient rouler sur un plan incliné à la verticale.

Ben soupire :

– Je comprends rien à ce que tu dis.

En face de nous, une fille au casque à petites cornes rouges se jette dans la pente. Elle la dévale, remonte jusqu'à nous, prend appui sur ses mains et fait le poirier. Ses copines poussent des cris de joie. Elle redescend sur ses rollers, frappe dans leurs mains.

– À toi, dit Ben.

Le cœur battant, je me lève. J'avance mes premières roues au bord de la rampe. Fléchis les genoux. Ben, assis, se rapproche de moi.

– Tiens-toi à mon casque, il conseille.

Je pose la main à plat sur sa tête. Me penche, me redresse.

– Je peux pas.

De l'autre côté, un type lance :

– *Los! Mach mal*[57]*!*

La fille aux cornes rouges me fait signe, crie dans un grand sourire :

– *Keine Angst, ist doch easy*[58]*!*

Mon frère me tapote le mollet.

– Imagine qu'en face, c'est une paire de nichons. Maintenant que je sais que t'aimes ça.

– Ta gueule.

– Plie les genoux, regarde bien devant toi. Même si t'as peur, n'essaie pas de ralentir ou de freiner, fais confiance à la pente. Fonce.

Je m'élance.

---

57. « Allez ! Vas-y ! »

58. « N'aie pas peur, ça passe ! »

TÉLÉPHONE DE VÉDA

Véda à Jasmine ; à Thelma
Coucou les filles.
Je suis dans le train Lille-Dunkerque.
Je vous demande pardon. Pardon Jasmine de pas t'avoir crue quand tu m'as raconté la nuit avec Léo. Pardon Thelma de t'avoir laissé tomber et pardon pour les trucs horribles que je vous ai dits à la base de voile. J'ai plein de choses à vous raconter. Rendez-vous au blockhaus demain matin ? Jvous aime

Jasmine
♥
Thelma
♥♥
Jasmine
♥♥♥
Thelma
♥♥♥♥♥

Jasmine

♥♥♥♥♥♥♥♥

Thelma

♥♥♥♥♥♥♥♥♥♥♥♥♥♥♥♥♥♥♥♥♥♥♥♥♥♥♥♥♥
♥♥♥♥♥♥♥♥♥♥♥♥♥♥

LAMPE FRONTALE

Le blockhaus est comme un vaisseau spatial posé sur le sable, au bout de la plage de Malo-les-Bains. Un énorme abri en béton armé, qu'un artiste a couvert de petits fragments de miroir : il reflète et diffracte la mer, le ciel, les nuages.

On se retrouvait souvent à l'intérieur, Thelma, Jasmine, Suzie et moi. On n'est pas revenues depuis la mort de Suzie.

Jasmine est en retard. On l'attend, Thelma et moi, assises dans le noir, sur le sable froid. À la lueur d'une lampe frontale, Thelma grave une guirlande de petits cœurs sur mon plâtre. La pointe du BIC gratte et creuse.

– J'ai réussi à descendre la rampe sans tomber, j'explique. C'est en faisant un saut débile que je suis tombée sur le bras.

– C'est exactement toi, ça.

– De quoi ?

– Foncer, faire n'importe quoi. Te péter le bras. T'étais comme ça au collège. Tu te rappelles, quand on faisait de la barque sur l'étang de ma grand-mère, à la ferme ? T'es tombée à l'eau un jour et elle t'a prêté un de ses shorts. On pouvait faire trois fois le tour de ta taille avec. Et la fois où t'as voulu faire du vélo dans le champ des vaches, elles t'ont poursuivie, tu t'es enfuie et t'es restée accrochée aux fils électriques. Tu te prenais des coups de jus en série.

Je me souviens. J'avais oublié.

– C'est seulement après que tu m'as dit que les vaches adoraient les vélos.

Elle éclate de rire. Comme quand on était petites.

– On se foutait de tout, à cette époque. Les mecs, tout, j'ajoute.

– Qu'est-ce qui a changé, tu crois ?

– Je sais pas si c'est nous, ou le monde autour de nous.

Elle remplit un des cœurs, gribouille une étoile. On n'entend que la mer et le stylo sur le plâtre.

– Tu penses souvent à Frankie ? elle demande.

Je pense à elle tous les jours. Le soir, j'imagine qu'elle s'allonge à côté de moi, qu'elle me prend dans ses bras. Ça m'endort.

– J'espère que quand on a été amoureuse aussi fort, je dis, on peut retomber amoureuse encore. J'espère que c'est pas juste une fois.

– Vous parlez plus du tout ?

Je hausse les épaules.

– On est plus ensemble, alors on évite.

– Ça te rend triste ?

– Ça va.

Sauf quand j'ai des flashs de sa bouche sur la mienne : à tous les coups une crampe me serre la poitrine.

Thelma suspend le BIC en l'air.

– Je crois que j'ai pas de clitoris.

J'étouffe un rire qui sort par mon nez. Thelma pose son stylo.

– Rigole pas. Même toute seule, je le trouve pas.

– T'as déjà regardé ? je demande. Avec un miroir et tout ?

– C'est tout lisse.

– C'est possible de ne pas en avoir ? T'as regardé sur Google ?

– T'as déjà eu un orgasme, toi ?

– Oui, je crois, je dis.

– Ça fait quoi ?

Je gonfle les joues.

– C'est difficile à décrire.

– Essaie ! pour moi !

Je me redresse, ferme les yeux. Me concentre.

– C'est comme une vague.

– Et ?

– Ça monte, ça monte. Et tes muscles se resserrent, se crispent, chaque centimètre de ta peau. Tout se tend, tu vois ?

– Ça a l'air trop génial.

– Ça arrive par saccades, par secousses. Y a plus rien qui existe, sauf ton corps. Et ça fait un peu peur, en vrai. T'as presque envie d'arrêter, mais si tu continues, alors là…

– Arrête ! elle souffle. Et t'as ça à chaque fois que tu fais l'amour ?

– Seulement avec Frankie.

Je n'ai pas envie de décrire ce qu'on faisait, avec Frankie. Nos mains, nos doigts, surtout nos langues, je ne veux pas qu'elle nous imagine. Je sais ce qu'elle va dire : « Moi, je pourrais jamais… » Un morceau de moi voudrait encore que personne ne sache que j'ai fait l'amour avec une fille. J'ai l'impression que tout le monde va nous imaginer nues, l'une contre l'autre. Et ça, je ne veux pas.

– T'es lesbienne ? me demande Thelma.

– Oui, je crois.

– Tu le sais depuis longtemps ?

– Je voulais pas me l'avouer, mais oui, je crois que je le sais depuis toujours.

– Mais tout ce temps où t'étais avec Léo…

– Le sexe avec Léo, c'étaient les seuls moments où j'avais le sentiment d'être spéciale pour lui. Mais la plupart du temps, j'avais pas envie de sexe. La plupart du temps, j'aurais préféré qu'on reste l'un contre l'autre, nus, et qu'on se serre, sans qu'il se passe rien d'autre. Mais c'était pas son truc, de rester contre moi.

Mes doigts jouent dans le sable froid. Je voudrais que Thelma me dise que Léo est un connard. Elle lance :

– Je crois que j'aimerai jamais le sexe. J'ai pas envie, en fait.

– T'es pas obligée, je réponds.

Toutes les deux, on se perd dans nos pensées.

– Tu sais, je dis, j'ai jamais eu envie de toi.

Elle joue avec la lampe frontale, qui cliquette dans le silence. La lumière s'allume et s'éteint. S'allume et s'éteint.

– J'ai compris ce qui m'a empêchée de te parler de Frankie toute cette année.

Je déglutis.

– J'avais peur que tu repenses à toutes les fois où on a dormi dans le même lit, toutes les fois où on a pris nos douches l'une en face de l'autre. Et que tu trouves ça dégueulasse. Que tu m'en veuilles. Mais j'ai jamais, jamais pensé à toi comme ça. Je comprendrais si tu ne veux plus qu'on dorme ensemble, ou si tu veux plus te déshab...

Elle braque le faisceau de sa lampe sur moi.

– Tu peux vérifier, s'il te plaît ? Avant que Jasmine arrive.

– Quoi ?

– Quoi, quoi ? Si j'ai un clitoris !

– Qui a un clitoris ?

Thelma détourne le faisceau de lampe vers l'entrée du blockhaus. C'est Jasmine. Elle a coupé ses cheveux en carré court, en-dessous des oreilles.

– T'es trop belle, je lâche.

Ses longs cheveux blonds, jusqu'aux fesses, c'était sa signature depuis toujours.

Thelma se lève.

– Grave… On dirait Angèle.

Jasmine passe une main hésitante dans ses cheveux. Les caresse en arrière.

– Vous êtes sûres ?

– T'es magnifique, je dis.

J'avance vers elle, je lui tends le cadeau que je lui ai acheté. Un petit porte-clé « I love Berlin ». Elle tombe dans mes bras, la tête sur mon épaule, sanglote.

On s'est assises toutes les trois, en cercle. Au milieu de nous, Thelma a posé une bouteille d'eau sur la lampe de son portable.

La lumière danse dans le liquide, se diffracte sur les parois en plastique. J'ai avoué aux filles ce qu'il s'est passé après le *Je n'ai jamais*. Léo, ses insultes, sa menace de raconter que j'avais volé le zodiac, libéré la Sirène. Les filles ont ri. « C'est toi, la sirène ? T'es malade ! Tout le monde croit que c'est les mecs de la base de voile ! »

Jasmine nous a tout raconté. Comment elle a détesté le voyage à Dakhla, comme elle voulait juste rentrer à Dunkerque. Elle était bourrée, il est entré dans sa chambre, elle lui a dit non, puis oui, il l'a déshabillée, il l'a touchée, alors que tout tournait autour d'elle, elle avait la nausée, elle lui a dit « non, non, non, arrête ». Il a insisté, il s'est arrêté au dernier moment. Et il est sorti de la chambre en la traitant d'allumeuse, de petite pute.

– Il faut que tu portes plainte, je dis.

Je regarde Thelma, m'attends à ce qu'elle proteste, « c'est Léo, mon frère ! ». Mais elle hoche la tête.

– Il t'a forcée. T'étais pas en état.

– Lui aussi, il était bourré, répond Jasmine.

– Mais lui, l'alcool, dit Thelma, ça l'a rendu con. Pas toi ! Les filles, elles essaient jamais de coucher avec les mecs bourrés. C'est ça, la différence !

Jasmine acquiesce, pose la main sur mon genou.

– Et s'il te balance pour le zodiac ?

– Eh bah il me balancera. Je me débrouillerai.

Mon index suit l'ombre tremblante de l'eau sur le sable.

– Et je connais quelqu'un qui ira porter plainte en même temps que toi.

PREMIERS JOURS D'ÉTÉ

BYE BYE LONDON

Un mois est passé, j'ai enlevé mon plâtre hier. Le bac est dans trois jours. Thelma, Malik, Jasmine et moi, on révise à la médiathèque, assis à l'une des tables qui longe la baie vitrée avec vue sur le port. Depuis que Malik et Jasmine ont porté plainte contre Léo, on passe presque tout notre temps à quatre. Pour l'instant, Léo n'a parlé de la sirène et du zodiac à personne.

Malik repasse un cours au stabilo rose. Il porte ses longs gants résille.

Je sors mon téléphone, ouvre l'appareil photo. Tends le bras.

– Selfie ! je dis. Pour Frankie !

On prend tous la pose. J'envoie la photo.

Avec Frankie, on s'appelle de temps en temps. On s'écrit. On a une playlist en commun et chacune notre tour, on y glisse une chanson. Maintenant, je n'ai plus peur de mettre les titres que j'aime vraiment. Frankie me manque encore, mais c'est bizarre : je pensais que j'allais mourir de chagrin et je me sens calme et pleine. Bon, parfois, pour m'endormir, j'imagine un petit film dans lequel je la rejoins à Berlin, et on vit ensemble.

Mais c'est juste un film.

Jasmine lève son stylo.

– On fait une pause ? C'est ma tournée de cafés !

Nos pieds balancent au-dessus du port. Dans l'eau, les méduses bleues sont revenues. Elles flottent, nagent, se frôlent.

Malik, les mains à plat sur le sol, les bras tendus, offre son menton au ciel.

– Le soleil... il murmure.

Mon téléphone vibre.

Maman

J'ai reçu le compte rendu de l'audience.
Ta sœur reste à Dunkerque. Elle doit aller
à Londres un week-end sur deux et la moitié
des vacances scolaires. Je suis désolée
que tu aies été mêlée à tout ça.
Je t'ai laissé un cadeau sur ton lit.
Je bosse tard ce soir.
Bisous

– Véda, ça va ?

Thelma pose la main sur mon bras. J'ai la chair de poule.

– Il est quelle heure ? je demande.

– 16 heures.

Je me lève.

– Faut que j'y aille.

– Tu vas où ? dit Malik.

– Chercher ma sœur à l'école, je réponds.

La fin des cours, c'est 16 heures 15. Si je veux la récupérer avant l'étude, c'est maintenant.

– Mais Véda, qu'est-ce qu'il y a ? s'inquiète Jasmine.

Je respire, retiens mes larmes. Des larmes de joie :

– Gabrielle reste avec nous. Elle reste à Dunkerque !

Le front et les joues brûlantes, le souffle court, j'arrive à la porte de l'école de Gabrielle.

Une fille aux longs cheveux roux, habillée tout en noir, est postée devant la grille. Je ne l'ai jamais vue. Sur son tee-shirt, une inscription : « *Warrior Amor à Mort* ».

– Je viens pour Gabrielle. Je suis sa sœur, je précise. Vous êtes nouvelle ici ?

– Je fais l'étude jusqu'à la fin de l'année.

Cette fille a les yeux les plus bleus que j'aie jamais vus.

Elle se retourne et crie vers la cour :

– Gabrielle !

L'animatrice plisse les yeux.

– Je crois que je t'ai déjà vue quelque part. Tu habites ici ?

– Sur le port, je dis. Et toi ?

– Dans le centre.

Elle claque des doigts.

– Je sais ! *L'Espadon rieur*. Les soirées queers ! T'étais en king ! Trop bon look ! Je m'appelle Daphné.

Gabrielle arrive, franchit la grille. Elle boude, cachée derrière sa frange grasse.

– Pourquoi t'es venue ?

J'aurais préféré qu'elle me saute dans les bras, que Daphné puisse se dire que ma petite sœur m'adore.

– Je m'amusais bien, râle Gabrielle. On faisait un troc de goûters. J'étais riche !

Daphné relève la bretelle de cartable sur l'épaule de Gab.

– T'as de la chance que ta sœur vienne te chercher, elle dit. Elle a l'air gentille.

– Bof… soupire Gabrielle.

Elle passe devant moi et avance sur le trottoir.

– Bon, ben salut ! je lance à Daphné. J'y vais.

Je rattrape ma sœur.

Je m'accroupis à sa hauteur. Elle fronce les sourcils. Je pose les mains sur ses épaules.

– Je peux avoir un câlin ?

Elle se jette dans mes bras, brutale. Je la serre.

J'ai envie de lui dire que, où que je sois l'année prochaine, elle va me manquer. Que j'espère que ça ira, l'Eurostar toute seule, les week-ends chez son père à Londres. Que j'espère que ça ira, toute seule avec maman. Mais à la place, je la serre encore plus fort.

– Tu m'étouffes, elle dit.

On marche, main dans la main.

– Pourquoi tu souris comme une débile ? grogne Gabrielle.

– C'est qui cette Daphné, elle est nouvelle ?

– C'est l'animatrice du soir. Elle est gentille. Elle nous fait écouter de la musique au lieu de faire les devoirs.

Je veux que Gabrielle me raconte tout de cette Daphné.

J'ai l'impression de marcher un peu au-dessus du sol.

Je pensais qu'après Frankie, je ne tomberais plus jamais amoureuse.

J'arrive chez ma mère. Sur le lit du haut, elle a posé son cadeau, emballé dans le papier *Seigneur des anneaux*.

Je l'ouvre : c'est une brassière noire, étroite, en lycra.

Un binder, avec un petit mot.

« Sur Internet, ils disent que le papier cellophane peut te fêler une côte. Il vaut mieux porter ça. »

Gabrielle entre dans la chambre.

– Il faut qu'on fasse un enterrement pour Beyoncé, elle dit.

L'ENTERREMENT DE QUEEN B

On est quatre, face à la mer. Jasmine, Thelma, moi, Gabrielle.

L'eau, le sable, le ciel, tout est gris.

Ma petite sœur tient dans ses bras la boîte dans laquelle gît le cadavre de Beyoncé. Papa lui a construit un petit cercueil en bois. Dessus, il a gravé les paroles d'une chanson de Beyoncé – l'autre Beyoncé :

« *I am the dragon breathing fire*[59]... »

– Bon, je commence, je dis.

Je touche le cercueil.

– Beyoncé, merci de m'avoir aidée à regarder la vérité en face toute cette année. Je me sens mieux. J'espère qu'il y a un paradis des dragons d'eau. Je suis contente que tu finisses enfin là où tu dois être. Tu as été un bon dragon, le meilleur des dragons.

Je me tourne vers Gabrielle.

– Tu veux dire un truc ?

---

59. « Je suis le dragon qui crache du feu », Beyoncé et Jack White – Knowles-Carter, B., White, J., Gordon, D., Page, J., Bonham, J., Jones, J., Plant, R. (2016). « Don't Hurt Yourself ». Dans *Lemonade.* Parkwood/Columbia.

– Pardon Beyoncé de t'avoir tuée.

– Tu l'as pas tuée, elle est morte de vieillesse.

Je me tourne vers mes copines.

– Les filles, vous voulez ajouter quelque chose ?

Elles font non de la tête.

Puis Jasmine se ravise :

– On peut dire quelque chose pour Suzie ?

– Bonne idée, je dis.

On n'a pas pu aller à son enterrement, dans le sud de la France, là où est toute sa famille. Personne n'a organisé de cérémonie ici, à Dunkerque.

Jasmine s'éclaircit la gorge.

– Suzie, je suis désolée de ne pas t'avoir aidée. Je suis désolée d'avoir ri quand un garçon a crié « Einstein ! » en cours de physique, après que tu t'es trompée de réponse. Et je t'aime. Ce que j'aimais le plus chez toi, c'était comment tu riais, comme si ton rire c'était l'infini.

Elle fait un signe de croix.

– Dieu n'existe pas, fait remarquer Gabrielle.

Je lui donne un coup de coude.

– Arrête.

Thelma avance d'un pas vers la mer.

– À moi. Un jour, tu m'as dit que je finirais super célèbre, et que je mourrai d'une overdose.

On rigole.

– Je t'en veux pas pour l'overdose. Mais t'as raison, j'ai trop envie de devenir célèbre. J'y ai repensé et je vais m'inscrire à des cours d'impro, à Lille.

– C'est vrai ? je demande.

Thelma me sourit, excitée. Elle reporte son attention sur la mer :

– En tout cas, Suzie, j'espère que tout est plus doux maintenant. Ici ça va, on est toutes ensemble. J'aurais préféré qu'on grandisse ensemble, qu'on fasse la fête à Lille, que nos gosses jouent sur la plage. Je t'oublierai jamais. Je ne suis plus en colère contre toi. Je comprends pas, mais je t'en veux pas. Je t'aime. Moi aussi, je suis désolée. Tous les jours, je me lève en me disant que j'aurais pu te sauver.

Elle étouffe un sanglot. Se reprend.

– Et ça me bouffe. Je sais pas si ça passera un jour.

Thelma écrase ses larmes dans la manche de son pull. Pose la main sur mon dos.

– Allez, à toi.

Je fais un pas vers la mer. Des vaguelettes roulent sur le banc des phoques, une voile blanche vogue au loin. Dans mon cerveau, le vide.

– Je ne sais pas quoi dire.

Gabrielle s'avance au bord de l'eau et me prend la main.

– Suzie, je suis contente que ce soit toi qui sois morte et pas ma sœur.

– Gab !

Jasmine éclate de rire.

– Elle a le droit.

Gabrielle jette une figurine *Pokémon* dans l'eau.

– Pour pas que tu t'ennuies.

– J'espère qu'une tortue va pas s'étouffer avec ton Pokémon, commente Thelma.

La pointe de mes baskets s'enfonce dans le sable mouillé.

– J'aurais voulu t'aider, je commence.

Ma voix se coince dans ma gorge.

Gabrielle serre ma main. Je continue :

– Je ne sais pas si j'aurais pu changer quelque chose, mais si je pouvais revenir en arrière, je le ferais. Je sais que tout le monde pense comme moi : et si j'avais fait ci, ça ? D'après mon père, j'aurais rien pu faire. Moi, je préfère croire que j'aurais pu te sauver. Tu nous manqueras toute la vie. On va prendre soin les unes des autres.

Jasmine s'avance à son tour.

– Et plus personne ne nous séparera, plus personne ne nous fera de mal.

– Surtout pas un mec, dit Thelma.

TOUS LES PORTS DE LA CÔTE D'OPALE

Je sors de l'épreuve de philosophie : « D'après ce texte de Nietzsche, pourquoi sommes-nous tous autre chose que ce que nous paraissons être ? »

Une crampe au poignet et les joues en feu, mes nouveaux rollers aux pieds, je file jusqu'au port, pour mon dernier service chez *À mon maquereau chéri.*

Allison quitte Dunkerque demain. Elle a un grand projet pour l'été et m'a promis de tout me révéler.

J'approche du food-truck, saute par-dessus une plaque d'égout, esquive un monticule de sable, accélère. J'ai progressé. J'en fais tous les jours. J'entends les basses de *Jessica,* la chanson préférée d'Allison.

Debout sur un tabouret, elle décroche la guirlande du toit du camion et danse au rythme lent de la voix : « *I won't come neaaar you, I won't come neaaar you*[60]... »

Sur la terrasse gît une table, les quatre pieds en l'air. Cette nuit, il y a eu une tempête si forte que j'ai rêvé que le phare se pliait comme un Carambar.

---

60. « Je ne m'approcherai pas de toi, je ne m'approcherai pas de toi », Major Lazer & Ezra Koenig – Diplo, Dawkins, C., Koenig, E., Pentz, T. (2013). « Jessica ». Dans *Free the Universe.* Secretly Canadian/Warner.

– Salut ! je crie.

Allison m'aperçoit, saute du tabouret, avance vers moi en calquant ses pas sur la musique. Elle est magnifique, dans une minirobe tie and dye. Elle fait des vagues avec ses bras.

– Alors, ce bac ?

– J'ai tout donné !

Elle attrape mes mains.

– Mention excellent, c'est sûr !

Elle prend l'air inspiré par les oracles.

– Je l'ai lu dans le sang de maquereaux.

Elle me fait tourner sur moi-même. Ma bouche sourit toute seule. Elle va me manquer.

– C'est la fête ici !

Voilà Romain, les bras chargés de bacs de maquereaux.

– Véda a mention excellent au bac ! annonce Allison.

Il pose les bacs sur le sol, frotte ses mains poisseuses sur son jean. Il a bonne mine, bronzé, bien rasé. Il me sourit.

– Bravo ! La classe !

– Mais non ! Elle invente ! On n'a pas les résultats encore !

Il embrasse Allison sur la joue. Elle se laisse faire. C'est nouveau. D'habitude, ils se checkent, c'est tout. Allison montre les bacs d'un coup de menton.

– Allez, au boulot !

Je perce les écailles du poisson avec la pointe de mon couteau, l'enfonce dans la chair.

– Alors ? dit Romain. Parcoursup ? La fac ?

– On n'a pas encore toutes les réponses. Pour l'instant, je suis prise à la fac de Lille, dans une prépa à Boulogne-sur-Mer, et je suis sur liste d'attente pour une autre prépa, à Paris.

– Tu voudrais quoi ? demande Allison.

– Paris, ça serait fou. Ça me fait un peu peur, et c'est trop cher. Mais il y a des clubs de roller. Plein de drag shows. Et la tour Eiffel. Je l'ai jamais vue en vrai.

– Ça t'irait très, très bien, Paris. J'ai plein de copines là-bas, je vous mettrai en contact.

Ça me rassure, tout à coup. Je caresse du bout du doigt le ventre d'un poisson.

– J'aurais bien aimé savoir ce que je veux devenir, mais j'y arrive pas.

– T'inquiète, dit Allison. Moi, ce que je veux devenir, je le sais toujours pas.

– La seule chose dont je suis sûre, c'est qu'il me faut du fric. Faut que je trouve un job. Ici, c'est mort. Tous les bars ont déjà leurs serveuses... Et toi, tu m'abandonnes ! C'est quoi alors, ce grand projet ?

Allison échange un regard mystérieux avec Romain.

– On a acheté un bateau, lâche Allison.

– Ensemble ?

– On EST ensemble, elle sourit. On est même fiancés !

Je lâche mon couteau, bouche bée.

– J'ai fait ma demande quand t'étais à Berlin, précise Romain.

Allison, c'est bien la dernière fille au monde que j'aurais imaginé se marier. Elle soupire, rieuse :

– Il a réalisé qu'il peut plus se passer de moi.

– Mais vous allez faire quoi, sur ce bateau ? Un voyage ?

– Un *food-boat*, déclare Allison.

– C'est quoi ?

– Comme un food-truck, mais sur un bateau. Cet été, on va s'arrêter dans tous les ports de la Côte d'Opale. On a une cuisine, une terrasse pliable, tout ce qu'il faut.

Je me force à sourire. Je voudrais réussir à exploser de joie, mais au fond, je me sens exclue. Un peu jalouse.

– C'est génial ! Trop bonne idée. Et vous allez vendre du maquereau ? Grillé ?

– Ça va dépendre des ports, répond Allison. On va faire du hareng, des coquilles Saint-Jacques, du merlan, des crevettes…

– Elle a plein d'idées de recettes ! intervient Romain.

Allison me regarde, amusée.

– On cherche une apprentie.

– Quelqu'un qui serait imbattable en écaillage de maquereaux, précise Romain.

– Une personne rapide, maline… quelqu'un de coriace.

Je les dévisage tous les deux. Est-ce qu'ils disent vraiment ce que je pense qu'ils sont en train de dire ?

– Vous voulez m'emmener ? je dis, hallucinée. Avec vous ?

– C'est 10 euros de l'heure. Logée, nourrie, dit Allison.

C'est comme si elle m'avait envoyé une balle de ping-pong. Elle attend que je la renvoie.

– 12 euros, je dis.

– 11,50 euros.

Au loin, un ferry entre dans le port, pousse un grand coup de cor. Je plante mon couteau dans la queue d'un maquereau :

– Banco !

FIN

PLAYLIST

L'AMOUR DE MA VIE - Billie Eilish
Ta reine - Angèle
Close Your Eyes - Kim Petras
Quel temps fait-il dans ton cœur ? - Hoshi
TITS, LIPS, HIPS, KISS - COBRAH, VTSS, MCR-T
BIRDS OF A FEATHER - Billie Eilish
Let Me Adore You - Soko
Lesbian Break-up Song - Safia Nolin (feat. La Force)
DENIAL IS A RIVER - Doechii
MASCULINITY (MY OWN HABILITY) - LUCKY LOVE
On brûlera - Pomme
Good Luck, Babe! - Chappell Roan
Love Is Everywhere - Magdalena Bay
Punchline - Louisadonna
we fell in love in october - girl in red
GAY RADAR - Camion Bip Bip
IDK How To Talk To Girls - Beth McCarthy
Fantastic - King Princess
Tempête - Mansfield.TYA, Rebeka Warrior, Carla Pallone
...

REMERCIEMENTS

Je tiens à remercier :

Tous les kings qui renversent et enchantent le monde, et en particulier Victor Lemaure et PowerBeau-Tom qui ont accepté d'apparaître dans ce livre. Merci aussi à Charlie d'Emilio, King Charles, et BB Burnes dont les performances ont inspiré celles de Frankie.

Ju Furton et La Queerale !

L'équipe Albin Michel Jeunesse et surtout Karine Van Wormhoudt, formidable éditrice, Justine Fraisse pour ses lectures précises et Lou Butat pour la touche finale.

Naël Legrand, qui a connu ce roman au stade de brouillon.

Léopoldine Loisy Delautre, qui a répondu à toutes mes questions sur « avoir 17 ans en 2024 ».

Katherine Pancol, qui, quand j'avais 17 ans, m'a ouvert grand la porte, et l'a laissée ouverte.

La résidence d'écriture Villa Glovettes, où j'ai fini ce roman, le CNL pour en avoir soutenu l'écriture.

Shared Landscapes qui m'a accueillie dans sa tournée européenne.
Romain, Karine, mes ami·es, mes petites sœurs, mes parents, toujours là.
Gaëtan et l'association Iris, à Dunkerque.
Etienne Blanchot, dont les playlists de feu m'ont portée pendant toute l'écriture de ce livre.
Le collège Saint-Joseph du Pré-Saint-Gervais.

Sacha et Léo sont inspirés de garçons que j'ai vraiment – et malheureusement – croisés à 17 ans. Mais à ma connaissance, ils ne sont jamais montés sur une planche de kitesurf. La base de voile de Dunkerque est un décor ; dans la vraie vie, je n'y ai rencontré que des garçons gentils, drôles, respectueux, qui ont enchanté mes vingt ans. Alex, Ben, Joé, Max : merci.

À mon maquereau chéri est inspiré d'un food-truck du port de Moëlan-sur-Mer : *Les Penn Sardines* (chez qui tout est vraiment réglo). Merci Mathou !

Enfin, merci Jean pour tes punchlines et tes savoirs encyclopédiques sur *Les Forgerons*. Message important : Doug Marcaida et les forgerons, si vous lisez ce livre, je peux vous mettre en contact avec votre plus grand fan.
Et surtout… Merci Émilie, my girl, pour toutes les briques qu'ensemble, on fabrique.

Conception graphique de couverture : Anaïs Dufils
Composition : Delphine Guéchot

Création du logo litt' : Isabelle Southgate.

Dépôt légal : mars 2025
ISBN : 978-2-226-49343-9
Numéro d'édition : 25880/01

Ce livre est issu de forêts gérées durablement et de sources contrôlées.

Achevé d'imprimer en France
par Normandie Roto Impression s.a.s. (2500705)